学生国学丛书新编

主编 王　宁
顾问 顾德希

李白诗

傅东华　选注
钟如雄　校订

学生国学丛书新编

主　　编：王　宁
顾　　问：顾德希
特约编辑：王楚达
审 稿 组：党怀兴　董婧宸　凌丽君
　　　　　赵学清　周淑萍　周玉秀

总序之一
——在阅读中走近中华优秀传统文化

王 宁

王云五、朱经农主编的《学生国学丛书》,是一套为中学生和社会普及层面阅读古代典籍所做的文言文选本。它隶属在王云五做总主编的《万有文库》之下,1926年开始陆续由商务印书馆出版。20世纪20年代开始策划时,计划出60种,后来逐渐增补,到1948年据说已经出版了90种;因为没有总目,我们现在搜集到的仅有71种。由于今天弘扬中华优秀传统文化和提高文言文阅读能力的社会需要,我们决定对这套丛书进行适应于现代的加工编辑,将它介绍给今天的读者。

在推介这套丛书的时候,我们保存了原编的主要面貌:选书与选篇基本不变,将原书绪言保留下来,每篇选文原注所选的注点,也作为这次新编的重要参考。这样做是为了尽量借鉴前贤的一些构思和做法,并保留当时文言文阅读水平的基本面貌,作为今天的参考。

《学生国学丛书》是本着商务印书馆"昌明教育,开启民智"的一贯宗旨编选的,阅读群体应当主要是当时的中学生。20年代的中学生阅读文言文的水平显然比今天高一些,因为那时阅读文言文的社会环境与现在不同,虽然白话文已经通行,但书信、公文、教科书和报刊中,都还保留了不少文言文。国文课的师资,很多也是在国学上有一些根柢的文士。在知识界和语文教育界,文言文阅读还不是什么难事。今天,文言文阅读水平既关系到继承和弘扬中华优秀传统文化的效能,又关系到现代社会总体人文素质的提高,应当达到什么程度最为合适?民国时期是可以作为一个基准线的。

《学生国学丛书》体现了20世纪之初一些爱国的出版家和教育家把中华优秀传统文化传承给下一代的情怀、理想和实干精神。他们策划这套丛书的宗旨和编则,可资借鉴的地方很多,他们的实践经验、教育精神和国学学养值得我们学习的地方也很多。这一点,是我们了解了丛书的主编和40多位编选者的情况后感受到的。

丛书的主编王云五、朱经农,都是我国20世纪初爱国、革新的出版家。王云五主编《万有文库》,开创了我国图书出版平民化的新纪元,体现了新文化运动中普及

总序之一

文化教育的先进思想。《学生国学丛书》是《万有文库》里专门为中学生编选的，目的是将弘扬民族文化精华的理念带入初等教育，这在当时不能不说是有远见的。两位主编不论在反对封建帝制的革命中，还是在民族危难的救国图强斗争中，都有可圈可点的事迹，值得钦佩。与两位主编合作的40多位编写者，多是辛亥革命的参与者和新文化运动的前沿人物。他们熟悉古代文典，对中国文化理解通透，领悟深刻，又有强烈的反封建意识；其中很多都在中小学教育领域里有过丰富的实践经验，教过国文，编过教材，研究过教法。这里有我们十分熟悉的教育家和文学家，如我国现代教育特别是语文教育的领军人物叶绍钧（他后来的名字是叶圣陶），新文化运动的先驱者、中国革命文艺的奠基人之一、著名作家茅盾（他当时的名字是沈德鸿，后来为大家熟悉的姓名是沈雁冰）。这两位，多篇作品都被收入中学语文课本，20世纪50年代以后的老师、同学是无人不知的。其他如著作丰厚、名震一时的藏书家胡怀琛，国学根柢深厚、考据功底极深、《中国人名大辞典》《中国古今地名大辞典》的主要编写人臧励龢，我国语文教育的改革家庄适等。

20世纪初的中国社会，多种文化思潮纷纭杂沓：改良主义者提出"师夷制夷""严祛新旧之名，浑融中外之迹"的折中主张；历史虚无主义者在"全盘西化"的徽

总序之一

帜下将西方的一切甚至文化垃圾照单全收；殖民主义文化论者叫嚣中国道德一律低级粗浅，鼓吹欧洲人生活方式总体文明高超；另一方面，封建复辟野心家的代言人则一味复古，用古代的文化糟粕来抵抗新文化的建构。这些，都对比出爱国的出版家、学问家、教育家既要固本又要创新的理想和实践精神的可贵；也让我们认识了新文化运动及革命文学的前沿人物坚守教育阵地的不懈努力，懂得了他们的编纂意图和深厚学养。保留丛书主要面貌，就是对他们成果的尊重和信任。

随着中华优秀传统文化的广泛传播，随着中小学语文教学改革的深入发展，在读书成为教师、家长和渴求文化的大众普遍要求之时，文言文阅读将会是其中一个重要的内容。有人说，文言只是一种古代的书面语，口语交际和现代文本已经不再使用，我们为什么还要学习文言文呢？在推介这套丛书的时候，我们有必要来回答这个问题。

文言是古代知识分子和正统教育使用的书面语言，具有超越时代、超越方言的特性，因而也同时具有了记载数千年中华民族灿烂文化的主要功能，它是与中华民族文明史共存的。许慎《说文解字叙》说汉字的作用是"前人所以垂后，后人所以识古"，这两句话即是对汉字记录的文言说的。我国历史悠久，文化遗产丰富，用文言记录的历史文献，用文言撰写的文学作品，多到不可计数，只有学习它，才能从古知今，以史为鉴。文言所记录的，不仅是古代社会的典章制度和政治经济，还有先贤哲人的人生经验和思想哲理，让我们看到中华民族一代又一代人的智慧。想想看，如果我们及早领会了古人"斧斤以时入山林"的采伐规则，便不会过度开发建材，造成那么多秃山荒岭，把气候搞得这样糟糕。我们读过也理解了"今之孝者是谓能养。至于犬马，皆能有养。不敬，何以别乎"这段话，就会在对待长者时，把他们的尊严看得和他们的生计同等甚至更加重要！"防民之口甚于防川""水能载舟亦能覆舟"，这是对阻塞言路者多么深刻的警醒。在道德重建的今天，中国传统道德中"己所不欲勿施于人"的利他主义，"爱民""富民""民为重"的民本思想，"以不贪为宝"的清廉品德，"志士不忘在沟壑，勇士不忘丧其元"的大义凛然态度，"吾日三省吾身"的自律精神，"君子怀刑"的守法意识，……这些，即使在今天的一般阅读中，也已经深入人心。可以想见，进入深度阅读后，我们一定会受到更多的启迪，在阅读中产生更多的惊喜。著名的国学大师、革命家和思想家章太炎，1905年7月15日在东京留学生欢迎会上演讲时说："近来有一种欧化主义的人，总说中国人比西洋人所差甚远，所以自甘暴弃，说中国必定灭亡，黄种必定剿绝。因为他不晓得中国的长处，见得别无可爱，

总序之一

就把爱国爱种的心,一日衰薄一日。若他晓得,我想就是全无心肝的人,那爱国爱种的心,必定风发泉涌,不可遏抑的。"阅读文言文,就是要使我们具有这种文化自信。是的,遗产是有精华也有糟粕的,古代的未必都适合今天;我们只有真正读懂文典,将历史面貌还原,再有了正确的价值观,才能辨析断识,而不是道听途说,更不会受人蛊惑。在这个意义上,文言文阅读作为吸收中华优秀传统文化的必要途径,绝不是可有可无的。

文言文阅读是产生汉语正确语感的一个重要源泉。汉语不是一潭死水,从古到今,不知吸收了多少其他民族的词汇和句法,也曾经夹杂着很多不雅甚至不洁的成分;但是,文言经过数千年的洗涤、锤炼,已经渐渐将切合者融入,不切合者抛弃。经过大浪淘沙、优胜劣汰而能流传至今的美文巨制,会更加显现汉语的特点。而现代汉语刚刚一个世纪,在根柢不深、修养不佳的人们的口语里、文辞中,常常会受外语特别是英语的影响,受不健康的市井俚语的侵染,产出一种杂糅的语言。我们想在运用现代汉语时真正体现出汉语的特点,比如词汇丰富、句短意深、注重韵律、构造灵活等,提高用健康、优美的汉语表达正确、深刻的思想的能力,文言会带给我们一些天然的汉语语感。热爱自己的本国语言,不断提高运用汉字汉语的能力,这是每一个人文化素养中最重要的表现；克服语言西化、杂糅的最好办法，是在学习规范、优美的现代汉语的同时，对文言也有深入的感受和体验。

文言文阅读还是从根本上理解现代汉语的重要条件。人们都认为现代汉语与文言差别很大，初读时甚至感到疏离隔膜、难以逾越。其实，汉语是一种词根语，词汇和语义的传衍非常直接，文言中百分之七十的词汇、词义，在现代汉语的构词法里都能找到。在书面语里，文言单音词的构词能量有时会比口语词更强。经过辗转引用积淀了深厚文化底蕴的典故、成语，成为使用汉语可以撷取的丰富宝库。如果我们对文言一无所知，是很难深入理解现代汉语的。有些人认为，在语文教学中现代文阅读和文言文阅读是两条线，其实，在词汇积累层面上，应该把它们并成一条线。学习文言与学习现代汉语，在积累词汇、理解意义、体验文化、形成语感方面是相辅相成的。

在推介《学生国学丛书》的时候，我们也有另外一重考虑。这套丛书毕竟经过了将近一个世纪，时代和社会都发生了根本的变化，我们有了更加明确的核心价值观和适应于现代的审美意识，语言、文字、文学、文献、教育都有了更新的研究成果，对丛书进行适度的改编，也是绝对必要的。所以，这次新编，我们主要做了五项

总序之一

工作：第一，为了今天在校学生和普通读者阅读的方便，改竖排为横排，标点符号也随之改为现代横排的规范样式。第二，变繁体字为简化字，在繁简转换的过程中，对在文言文语境中有可能产生意义混淆的用字，做了合理的处理。第三，采用今天所见较好的古籍版本对原书的选文进行了审校，订正了文句的错、讹、脱、衍。第四，对原书的注释进行了修改、加工、调整，使注释更加准确、易懂，对地名和名物词的解释，也补充了最新的资料。第五，撰写了新编导言，放在原书绪言的前面。原编者和新编者对同一部书和同一篇文的看法，或所见略同，或相辅相成，或角度各异，或存在分歧，都能促进阅读者的思考和讨论，引发延展性学习，带动更多篇目和整本书的阅读。

《学生国学丛书》本来是一套开放的丛书，我们还会根据教学和读者的需要，补充一些当时没有被选入的优秀古代典籍的选本，使新编的丛书不断丰富。

我国每年有将近两亿的青少年步入基础教育，一个孩子有不止一位家长，这是一个多么庞大的读书群体。将一个世纪以前的《学生国学丛书》通过新编激活，让它走进一个新的时代，更好地发挥它在语文教育和弘扬我国优秀传统文化中的作用，这是我们之所愿，也希望能使编写这套书的前辈们夙愿得偿。

总序之二
——植入健康的文化基因

顾德希

优秀的传统文化是中国人的精神家园。学生多读些国学典籍，将有助于把优秀传统文化的基因植入肌体。王宁老师的"总序"，对本丛书的这一编辑意图已有深入全面的阐释，我打算就如何阅读这套丛书，或者说如何阅读文言文，做些补充性说明。

这套丛书的每一本，都专门写了新编导言。这是今日读者和原书连接的桥梁。人们常把桥梁喻为过河的"方法"，所以也可以说，新编导言之所谓"导"，就是力图为各类学生和更多读者提供一些阅读的方法。

这套丛书有好几十本，都是极有价值又有相当难度的国学经典，如不讲究阅读方法，编辑意图的实现会大打折扣。但这些经典差异性很大，《楚辞》和《庄子》的

总序之二

阅读肯定很不同,《国语》和《周姜词》的阅读方法差别就更大,即使同是词,读《苏辛词》与《周姜词》也不宜用完全相同的方法。因此本丛书新编导言所提供的阅读方法,针对性很强,因书而异。但异中有同,某些共性的方法甚至更为重要。不过,这些共性的方法渗透在每一篇导言中,未必能引起足够重视。下面,我想谈谈文言文阅读的四个具有共性的方法。

一、了解作者和相关背景,了解每本书的概貌,对每本书的阅读都很重要,这毋庸置疑。但一般读者了解这类相关知识,目的仅在于走近这本书。因而涉及作者、背景、概貌等,导言中一般不罗列专业性强的知识,而诉诸比较精要的常识性叙述。比如对《吕氏春秋》作者吕不韦,并没有全面介绍,也没有像过去那样从伦理道德上对这个历史人物加以贬抑,而只侧重叙述了他作为政治家的特点,因为明乎此便很有助于了解《吕氏春秋》。又如《世说新语》的成书背景有其特殊性,也需要了解,但限于篇幅,叙述的浓缩度很大。凡此种种必要的常识,新编导言里一般是点到为止,只要细心些,便不难从中获得多少不等的启发。兴趣浓厚者,查找相关知识也很容易。

二、借助注解疏通文本大意之后,就要反复诵读。某些陌生的词句,更要反复诵读。一句话即使反复诵读二十遍也用不了两三分钟，但这两三分钟却非常重要。

"诵读"是出声音的读，但并不是朗诵。大家所熟悉的现代文朗诵，不完全适用于文言诗文。朗诵往往是读给别人听，诵读却是读给自己听。古人所谓"吟咏"，是适合于当时人自己感悟的一种诵读。今天的诵读，用普通话即可，节奏、抑扬、强弱、缓急，都无客观规定性，可随自己的感受适当处理。如果阅读文言文而忽略了诵读，效果至少打一个对折。不念出声音的默读，是只借助视觉器官去感知；出声音的诵读，是把视觉、听觉都动员起来的感知，其所"感"之强弱不言而喻。而且一旦读出声音，就让声带、口腔等诸多器官的运动参与进来了，凡诉诸运动器官的记忆，最容易长久。会骑车的人，多年不骑，一登上车还是会骑。因为骑车的感觉是一种运动记忆。文言语感的牢固形成与此类似。古人所谓"心到、眼到、口到"之说，实在是高效形成文言语感的极好方法。不管是成篇诵读，片段诵读，还是陌生词句的反复诵读，都是提升文言文阅读能力的好办法。本丛书的每一篇新编导言并未反复强调"诵读"，但各种阅读建议无不与某些片段的反复读相关。既读，就要"诵"，这是文言文阅读的根本方法。

三、应用。这是与文言翻译相对而言的。把文言文阅读的重点放在"翻译"上，副作用很多。一是不可避免信息的丢失。概念意义、情味意蕴，都会丢失。课堂教学中让学生把一篇文言文从头到尾"对号入座"地搞翻译，是文言教学中的无奈之举。一句一句，斤斤计较于文言句法词法和现代汉语的异同，结果学生的诵读时间没有了，刻意去记的往往是别别扭扭的"译文"，而精彩的原文反倒印象模糊，这不是买椟还珠吗！所以，在疏通大意、反复诵读的同时，一定要重视"应用"。应用，就是把某些文言词句直接"拿来"，用在自己的话语当中。比如，在复述大意时，在谈阅读感受理解时，不妨直接援引几句原话。如果能把原文中的某些语句就像说自己的话一样，自然而然地穿插到自己的述说中，那就是极好的应用。本丛书新编导言中援引原作并有所点评、有所串释、有所生发之处很多，但绝不搞对号入座的翻译，这不妨看作文言文阅读方法的一种示范。新编导言中有很多建议，要求结合作品谈个什么问题，探究个什么问题，都不同程度地含有这种"应用"的要求。

四、坚持自学。这套丛书，为学生自学文言文敞开了大门。学生文言文阅读的状况永远会参差不齐。同一个班的高中生，有的已把《资治通鉴》读过一遍，有的能写出相当顺畅的文言文，但也有的却把"过秦论"读成"过奏论"，这是常态。只靠面对几十个人的文言课堂讲授，几乎不可能使之迅速均衡起来。只有积极倡导自主性学习，才可能有效提高教学质量。本丛书的新编导言，高度重视对文言自学的引导。每篇新编导言都就怎样去读提出许多建议。这些建议有难有易，不是要求每一个人全都照着去做。能飞的飞，能跑的跑，快走不了的慢走也很好。新编导言在"导"的问题上，从不同层次上提出不同建议，相信各类学生都能找到适合自己的要求。只要选择适合自己或者自己感兴趣的要求，坚持不懈去"读"，去"用"，文言文的自学一定会出现令人惊喜的成果。从这个意义上说，本丛书的每一本，都是适合于各类读者自学国学经典的好读本。每一本中经过精心处理的注解，是自学的好帮手；而每一篇新编导言，又都可对自学起到切实的引导作用。只要方法对，策略恰当，那么这套丛书肯定能帮助我们有效提高文言文阅读水平。

目前，在深化高中语文课改的大背景下，很多学校高度重视突破过去那种一篇篇细讲课文的单一教学模式，开始重视"任务群"的学习，重视整本书的阅读，重视选修课的开设，重视校本课程的建设。在这样的大背景下，如果学校打算从本丛书中选用几本当作加强国学教育的校本教材，那么"新编导言"对使用这本书的教师来说，也可起到某种"桥梁"作用。

不管用一本什么书来组织学生学习，都必须对学生

总序之二

怎样读这本书有恰当引导。这是提高教学质量的一定不移之理。恰当的引导,要有助于各类学生更好地进入这本书的阅读,要有助于各类学生更好地开展自主性学习,要使之在文本阅读中进行有益的探究,并获得成功的喜悦。为了使新编导言的"导"能起到这样的作用,本丛书专门组织了多位一线优秀教师先期进入阅读,并把成功教学经验融入新编导言。因此,我们有理由相信,新编导言可以成为组织学生学习活动的有益借鉴。导言中结合具体作品对阅读所做的那些启发、引导,针对不同水平读者分层提出的那些建议,都将有助于教师结合自己学生的实际情况进一步拟出付诸实施的具体导学方案。

我相信,只要阅读文言文的方法恰当,只要各类读者从实际情况出发,循序渐进地学,优秀传统文化的基因就一定能更好地植入肌体。

目 录

新编导言 ... 1

原书绪言 ... 9

古风四首 ... 29

蜀道难 ... 34

梁甫吟 ... 37

乌夜啼 ... 41

乌栖曲 ... 42

战城南 ... 43

将进酒 ... 45

行行且游猎篇 ... 47

飞龙引二首 ... 49

行路难三首 ... 52

长相思 ... 56

前有樽酒行二首 ... 57

胡无人 ··· 59

侠客行 ··· 61

关山月 ··· 63

于阗采花 ··· 64

王昭君二首 ·· 65

久别离 ··· 67

采莲曲 ··· 68

白头吟 ··· 69

司马将军歌 ·· 72

长干行 ··· 74

古朗月行 ··· 76

白纻辞三首 ·· 78

幽州胡马客歌 ··· 80

塞下曲六首 ·· 82

玉阶怨 ··· 86

清平调词三首 ··· 87

短歌行 ··· 89

空城雀 ··· 90

陌上桑 ··· 91

相逢行 ··· 93

君马黄	95
拟古	96
少年行	97
豫章行	98
沐浴子	100
静夜思	101
猛虎行	102
春思	106
子夜吴歌四首	107
估客乐	109
少年行	110
捣衣篇	112
长相思	114
襄阳歌	115
江上吟	118
元丹丘歌	120
扶风豪士歌	121
同族弟金城尉叔卿烛照山水壁画歌	123
梁园吟	125
白云歌送刘十六归山	128

横江词六首 ······ *129*

秋浦歌十七首 ······ *132*

峨眉山月歌送蜀僧晏入中京 ······ *138*

江夏行 ······ *140*

怀仙歌 ······ *142*

山鹧鸪词 ······ *143*

赠裴十四 ······ *144*

对雪献从兄虞城宰 ······ *145*

醉后赠从甥高镇 ······ *146*

赠秋浦柳少府 ······ *148*

对雪醉后赠王历阳 ······ *149*

赠汪伦 ······ *151*

春日独坐寄郑明府 ······ *152*

沙丘城下寄杜甫 ······ *153*

闻王昌龄左迁龙标遥有此寄 ······ *154*

寄王屋山人孟大融 ······ *155*

寄东鲁二稚子 ······ *156*

独酌青溪江石上寄权昭夷 ······ *158*

庐山谣寄卢侍御虚舟 ······ *159*

早春寄王汉阳 ······ *161*

泾溪东亭寄郑少府谔	162
梦游天姥吟留别	163
金陵酒肆留别	165
黄鹤楼送孟浩然之广陵	166
南陵别儿童入京	167
金乡送韦八之西京	168
送裴十八图南归嵩山二首	169
送别	170
送萧三十一之鲁中兼问稚子伯禽	171
送杨山人归嵩山	172
送友人	173
宣州谢朓楼饯别校书叔云	174
山中问答	175
以诗代书答元丹丘	176
答王十二寒夜独酌有怀	177
醉后答丁十八以诗讥予捶碎黄鹤楼	181
东鲁门泛舟二首	182
游太山六首	183
下终南山过斛斯山人宿置酒	187
把酒问月	188

陪族叔刑部侍郎晔及中书贾舍人至游洞庭五首…… *189*

九月十日即事…… *191*

登金陵凤凰台…… *192*

望庐山瀑布二首…… *193*

望庐山五老峰…… *195*

鹦鹉洲…… *196*

挂席江上待月有怀…… *197*

秋登宣城谢朓北楼…… *198*

望天门山…… *199*

望木瓜山…… *200*

登敬亭北二小山余时送客逢崔侍御并登此地…… *201*

客中作…… *202*

奔亡道中五首…… *203*

早发白帝城…… *206*

秋下荆门…… *207*

夜泊黄山闻殷十四吴吟…… *208*

西施…… *209*

苏台览古…… *210*

越中览古…… *211*

庐江主人妇…… *212*

夜泊牛渚怀古…………………………………………… *213*

鲁中都东楼醉起作…………………………………… *214*

月下独酌四首………………………………………… *215*

冬夜醉宿龙门觉起言志……………………………… *217*

待酒不至……………………………………………… *219*

独酌…………………………………………………… *220*

友人会宿……………………………………………… *221*

青溪半夜闻笛………………………………………… *222*

日夕山中忽然有怀…………………………………… *223*

夏日山中……………………………………………… *224*

山中与幽人对酌……………………………………… *225*

春日醉起言志………………………………………… *226*

与史郎中饮听黄鹤楼上吹笛………………………… *227*

对酒…………………………………………………… *228*

独坐敬亭山…………………………………………… *229*

自遣…………………………………………………… *230*

访戴天山道士不遇…………………………………… *231*

忆东山二首…………………………………………… *232*

拟古六首……………………………………………… *233*

听蜀僧濬弹琴………………………………………… *237*

咏邻女东窗海石榴 ……………………………… *238*

观放白鹰二首 ……………………………………… *239*

见野草中有名白头翁者 …………………………… *240*

白鹭鸶 ……………………………………………… *241*

劳劳亭 ……………………………………………… *242*

嘲鲁儒 ……………………………………………… *243*

从军行 ……………………………………………… *244*

春夜洛城闻笛 ……………………………………… *245*

寄远 ………………………………………………… *246*

春怨 ………………………………………………… *247*

陌上赠美人 ………………………………………… *248*

怨情 ………………………………………………… *249*

口号吴王美人半醉 ………………………………… *250*

赠内 ………………………………………………… *251*

越女词五首 ………………………………………… *252*

哭宣城善酿纪叟 …………………………………… *254*

新编导言

李白是我国诗歌史上璀璨的明星,他的诗最能让人体会到盛唐气象和古典诗歌的魅力。李白诗集多不编年,本书编者傅先生的绪言介绍李白生平较详,希望读者能结合李白生平去读他的诗,这一点很值得重视。

一

李白一生始终在追逐梦想,他的生平可分五个时期。

一是蜀中时期。李白一生梦想效力朝廷,二十五岁以前,他是在四川家乡读书、练剑、作诗、访道,这些都是他实现梦想的准备。在《上安州裴长史书》中他说自己"五岁诵六甲,十岁观百家……故知大丈夫必有四方之志"。① 他十八岁写的五律《访戴天山道士不遇》:"犬吠水声中,桃花带雨浓。树深时见鹿,溪午不闻钟。野竹分青霭,飞泉挂碧峰。无人知所去,愁倚两三松。"这"不遇"中虽有些许惆怅,但全诗风格清丽,逸气横空,表现出年轻人的勃勃朝气。

二是以湖北安州为中心的漫游兼求仕时期。二十五岁的李白走出蜀水巴山,去实现梦想。公元727年他入赘安州许圉师府。许在唐高宗时曾任户部尚书,李白与他的孙女结婚,通过许家结识了一大批上层人物。许氏为他生下一儿一女,取名"伯禽""平阳"。"伯禽"本是西周政治家周公的长子,"平阳"则是汉武帝姐姐的封号。这两个名字,隐含着李白的政治抱负。这个时期,李白游历了祖国中东部很多地方,也曾赴长安求官而无所获。后来妻子去世,他与安州官员交恶,便离开了安州碧山(又名白兆山,位于今湖北安陆市西北的烟店镇)。七绝《山中问答》"问余何意栖碧山,笑而不答心自闲。桃花流水窅然去,别有天地非人间",或可反映他那时与众不同的进取心态。这十多年,李白与孟浩然等许多著名诗人结下深厚友谊,写下了一百余首脍炙人口的作品,如《长干行》《襄阳歌》《黄鹤楼送孟浩然之广陵》《丁都护歌》《越中览古》《金陵

---

① 〔清〕王琦注:《李太白全集》第1452—1453页,中华书局2015年版。

酒肆留别》等等。

三是长安时期。天宝元年（公元742年）李白再入长安，唐玄宗授他翰林供奉，李白的梦想接近成真了。《新唐书·李白传》记载了他这段经历："天宝初，南入会稽，与吴筠善。筠被召，故白亦至长安。往见贺知章，知章见其文，叹曰：'子，谪仙人也！'言于玄宗，召见金銮殿，论当世事，奏颂一篇。帝赐食，亲为调羹，有诏供奉翰林。白犹与饮徒醉于市，帝坐沉香子亭，意有所感，欲得白为乐章，召入，而白已醉，左右以水頮（huì）面稍解，授笔成文，婉丽精切，无留思。帝爱其才，数宴见。白尝侍帝，醉，使高力士脱靴。力士素贵，耻之，摘其诗以激杨贵妃。帝欲官白，妃辄阻止。白自知不为亲近所容，益骜放不自修……恳求还山，帝赐金放还。"

这里略加点补充：1.李白到长安，贺知章闻名来访，读到《蜀道难》大为称叹，称李白为"谪仙"；又见其《乌栖曲》，叹赏道："此诗可以泣鬼神矣！"贺知章称其"谪仙"，是对他的才气和当下处境的真实写照。2.高力士"激杨贵妃"的，是《清平调词三首》，高说"可怜飞燕倚新妆"是用赵飞燕讽刺杨，从此，李白便"不为（玄宗）亲近所容"了。由此可知，正当李白想要施展才能建功立业时，却发现一切跟他想象的并不一样。宫廷的黑暗令他深感失望。于是天宝三载（公元744年）上表辞官，离开了长安。

第四时期，是李白离开长安后的十几年，"以东鲁、梁园为中心的漫游时期"。这时"开元盛世"已渐远去，李林甫、杨国忠相继把持朝政，排斥贤才，国家面临新的危机，李白所要实现的理想更加渺茫。

第五时期，是安史之乱爆发至李白病逝。公元755年，安禄山造反，玄宗令太子李亨为天下兵马大元帅，十六子永王李璘为山南、江西、岭南、黔中四道节度使镇守江陵。第二年李亨即位，尊玄宗为太上皇。同年十二月永王东巡，隐居庐山的李白投身永王幕府。但不久，永王被江西采访使皇甫侁擒杀，李白系浔阳狱。中丞宋若思很器重李白，此时正率兵驻扎浔阳，便把李白解救出来。但李亨却将他流放夜郎（今贵州桐梓）。病重的李白前往夜郎，行至巫山白帝城，忽然接到朝廷赦免消息，惊喜交加的李白随即乘舟东下，写下著名的《早发白帝城》："朝辞白帝彩云间，千里江陵一日还。两岸猿声啼不住，轻舟已过万重山。"公元761年，六十多岁的李白返回金陵，生活窘迫，投奔当涂县令、族叔李阳冰。公元762年李白病重，在病榻上把诗稿交给李阳冰，赋《临终歌》（见原书绪言），与世长辞。这首诗以大鹏自比，浩叹一生壮志难酬，流露出对人生的无比眷念。格调激昂，想象丰富，含不尽之意于言外。

李白的"长安时期"虽只短短三年，但对他的诗歌创作产生了极大影响。那以后他依然是那样才华横溢，那样充满自信，那样渴望实现自己的政治抱负，但他对朝廷腐败的悲愤愈加强烈，如"停杯投箸不能食，拔剑四顾心茫然"(《行路难三首》)、"阊阖九门不可通，以额叩关阍者怒"(《梁甫吟》)、"抽刀断水水更流，举杯消愁愁更愁"(《宣州谢朓楼饯别校书叔云》)以及《答王十二寒夜独酌有怀》等大量作品中的名句，都给人留下难以磨灭的印象。而《梦游天姥吟留别》的"安能摧眉折腰事权贵"，最为人们所熟悉。

总的来说，李白诗歌反映了盛唐时期的社会现实和精神面貌。他对唐王朝盛极而衰深感忧虑，虽称"谪仙"而不忘现实。如《塞下曲六首》热情歌颂保卫边疆的战士，《战城南》尖锐批判玄宗的穷兵黩武，而他的《扶风豪士歌》《豫章行》则愤怒谴责了给百姓带来浩劫的安史之乱。

二

阅读本书，应注意提高诵读质量，可适当开展探究活动。

李白的诗歌清新流畅，气象雄浑，即使是为人熟知的作品，如《望天门山》《越中览古》等，也值得反复诵读，深入体会。

提高诵读质量，应读出诗句的韵律节奏，品味其中的意象。

李白非常喜欢用句式长短不齐、节奏富于变化的"歌行体"，诵读时要注意把握句中的节奏变化。如《蜀道难》：地崩/山摧/壮士死，然后/天梯石栈/相钩连。上有/六龙回日/

之高标,下有/冲波逆折/之回川。黄鹤之飞/尚不得,猿猱欲度/愁攀缘。各句的停顿与连读有所不同,哪里要重音突出些才好,哪里平缓些,哪里紧促些,都要反复琢磨,这样就会越读越有兴味。

品味意象,即不可满足于一般翻译。例如"杨花落尽子规啼"(《闻王昌龄左迁龙标遥有此寄》),"杨花落尽",如只翻译成"在杨花落完的时候"就没多大意思。杨花柳絮都轻盈柔弱,随风而起,不知所止。这个意象正与被贬龙标的王昌龄身世相仿。当杨花落尽,而地上、水面、空中都是随风而起的杨花,这个不能把握自己命运的意象,寄托了诗人对王昌龄多少同情与牵挂啊。结合这样的体会来读,阅读质量就会不断提高。

诵读可以与联想、想象相结合。读李白的诗,要调动我们的阅读经验和生活经历,力求在心中还原诗中的图景。例如《梦游天姥吟留别》中这两句"半壁见海日,空中闻天鸡",我们不妨想一下,海是什么样子、太阳此时在哪儿、天空和海面又是什么样子等等,这么想想,脑海中就可能出现这样的景象:"在蜿蜒的石径上攀行,昏暗的石壁忽然有了光彩,东边浩淼的海面上,一轮红日浮水而出,瞬间跃出海面,霞光万道。此时忽闻天鸡报晓,曙色降临人间了!"李白诗中这类值得还原的有趣图景非常多。又如"两水夹明镜,双桥落彩虹"(《秋登宣城谢朓北楼》),普通的桥为什么会如彩虹一般呢?此时周边的景色应是什么样？仔细琢磨，必会有所发现。总之，合理的想象，会让我们更走近李白，去领略他内心世界的瑰丽奇伟。

所谓探究，就是以书中若干首诗为一组，结合组诗去深入思考。例如，《行路难》《宣州谢朓楼饯别校书叔云》《少年行》《侠客行》等诗"表现自我"十分突出，能使我们对李白的个性特点增加许多理解。若结合这几首诗写篇"谈李白的人格形象"的作文，就很有探究力度。例如，李白为我们留下许多吟咏祖国山川的佳作，他在《独坐敬亭山》中说"相看两不厌，只有敬亭山"。若以"相看两不厌"为题，写篇文章谈谈李白吟咏河山之作给我们的启示，一定会有许多发现。又如，李白特别善于用晓畅的文字表现真挚的情谊，如结合《黄鹤楼送孟浩然之广陵》《赠汪伦》《静夜思》等名篇，就可用"思远怀人"之类的题目写篇作文。再如，结合《丁都护歌》《子夜吴歌》《古风·西上莲花山》《战城南》等作品，谈谈李白对社会现实的描写，也会很有探究价值。此外，李白诗中有些意象反复出现，如水、月、酒、大鹏等，可试选某一意象，汇集相关诗句，探究该意象有哪些特征，寄寓了李白怎样的情感，表现了他怎样的精神品格，这样探究也会很有收获。

结合李白生平研读他的诗歌，可适当参考詹锳《李白诗文系年》一书。

原书绪言

痛饮狂歌空度日,飞扬跋扈为谁雄?——杜甫《赠李白》诗。

关于李白生平事迹的记载,可谓很丰富:新、旧《唐书》都有他的传;同时人及后代人替他做的碑志和序文,也供给我们许多材料。此外,后代人所作的笔记、地志之类,也有很多关于他的轶事的记载。不过记载愈多,歧异的地方也愈多:即以他的籍贯而论,有的说是陇西成纪人[①],有的说是蜀人[②],有的说是山东人[③],几乎叫人不知相信哪一说为是。但经我们把各种材料汇合起来,证以他自己诗文所述,这才知道所谓陇西

---

① 李阳冰《草堂集序》。
② 魏颢《李翰林集序》。
③ 刘昫《旧唐书·文苑列传》。

成纪人者,是指他的先世族望而言;所谓蜀人者,是指他的生长之地而言;所谓山东人者,则又因其流寓之地而言也。但有一部分的记载,或我们明明晓得它是附会的,或因它缺乏别的证据,所以都当在摈斥之列。例如后人因贺知章曾称他为"谪仙",便附会起来,说他是天上太白星降世;而相传为柳宗元所撰的《龙城录》,则又附会韩愈说太白仙去的一句话,竟谓"元和初,有人自北海来,见太白与一道士在高山上笑语。久之顷,道士于碧雾中跨赤虬而去,太白耸身健步,追及共乘之而东走"云云。又《天宝遗事》所谓"李太白少时梦所用之笔头上生花,后天才赡逸,名闻天下"云云。我们若是取郑重的态度,当然是不把这些记载当作史料看的。又如因杜甫和元稹诗中曾有"山东李白"之语,后来刘昫作《旧唐书》,竟以白为山东人,且说"父为任城尉,因家焉"。我们因为找不出别的证据,且与李白自己的诗文所述不符,故也只得不信了。

若是依据比较可信的记载①,更证之以集中的诗文,则我们可知太白的家世和生平约略如次:

---

① 李阳冰的《草堂集序》乃太白在时所作,所述家世,必出太白自言,故可信。魏颢为太白好友,时有赠答,且太白生时,曾亲自托他编集,故他所作的《李翰林集序》,也属可信的材料。又后来范传正作《翰林学士李公新墓碑》,说是根据太白之子伯禽所藏的手疏的,故亦可信。今二序一碑,各本《李白集》中均附载之,可作参考。本文中征引处,简称《李序》《魏序》《范碑》。

原书绪言

李白,字太白,是汉将军陇西人李广的后裔[1],凉武昭王暠的九世孙[2]。隋末,他的先世以罪避居西域,隐姓易名,及至唐武后时,子孙始还内地。父名客,家于蜀之绵州(今四川省绵阳市);太白以武后长安元年(公元701年)[3]生于此。

他自己的诗文里,记他少年时的轶事有好几件[4],我们因晓得他彼时是个性情豪放、好击剑任侠、轻财重施、不事产业而且目中无人的少年;又知他彼时的文章便已颇惹人注意了。

我们只晓得他在二十六七岁以前便已出游襄汉,南泛洞庭,东至金陵、扬州,更客汝海,还憩云梦[5]。我们不晓得他

---

[1] 《赠张相镐》诗其二云:"本家陇西人,先为汉边将",即谓李广。
[2] 《李序》《范碑》均有此说。
[3] 《李序》言太白卒于宝应元年(公元762年)十一月,而未言卒时年齿。曾巩亦谓卒于宝应元年,并言享年六十有四,不知何据。若依宝应元年逆数六十四,则生年当在圣历二年(公元699年)。然李华作太白墓志,曰"年六十二",则应生于长安元年。王琦改薛仲邕所作《李白年谱》另为新谱,言"以《代宋中丞自荐表》核之——表作于至德二载丁酉——时年五十有七,合之长安元年为是"。今从之。
[4] 见《上韩荆州》及安州裴长史、李长史等书,及《赠张相镐》诗。
[5] 《上安州裴长史书》中有"迄于今三十春"之句。又云:"……乃杖剑去国,辞亲远游,南穷苍梧,东涉溟海;见乡人相如大夸云梦之事,云楚有七泽,遂来观焉。而许相公家见招,妻以孙女,憩息于此,至移三霜焉。"从知他云梦入赘,是二十六七岁的事,而游襄汉等处,又均在云梦入赘之前。按此云梦乃泽名,在今湖北安陆市南,非今县名。

李白诗

最初"杖剑去国"究竟在哪一年,但总不在二十五六以后;又晓得他此次出游,便始终不返故乡;从知他凡在蜀中的作品,必都是二十五六以前的作品。

据《唐诗纪事》引东蜀杨天惠《彰明逸事》云:"……太白齿方少,英气溢发;诸为诗文甚多,微类《宫中行乐词》体。今邑人所藏百篇,大抵皆格律也。虽颇体弱,然短羽褵褷(lí shī),已有凤雏态。淳化中,县令杨遂为之引,谓为少作是也。"晁公武《读书志》云:"蜀本《太白集》附入左绵邑人所裒(póu)白隐处少年所作诗六十篇,尤为浅俗。"现在这"杨遂为之引"的百篇,和蜀本《太白集》所附的六十篇,均已不可见;但看如今通行集本所载蜀中所作诗——如《访戴天山道士不遇》(本编入选)《登峨眉山》《登锦城散花楼》等——也就可略见他的所谓"少作"风格的一斑了。

《上安州裴长史书》所云"妻以孙女"的"许相公",乃是许圉师①。他是许绍的少子,本高阳人,梁末徙居安陆(唐时为安州,今湖北安陆市)。其人有器干,博涉文艺,举进士;累迁黄门侍郎;龙朔中(公元661—663年)为左相。

他自安陆入赘后,一住十年,自谓"酒隐"②。他在这十

---

① 从曾巩《李白集序》。
② 《送从侄端游庐山序》云:"余少时,大人令诵《子虚赋》,私心慕之。及长,南游云梦,览七泽之壮观;酒隐安陆,蹉跎十年。"

年里面，虽自说是"好闲复爱仙"①，其实已急急要想"脱颖而出"②，更忍耐不住当初那种"无人知所去，愁倚两三松"③的境地了。原来他此时感着"孤剑谁托，悲歌自怜；迫于恓惶，席不暇暖；寄绝国而何仰，若浮云而无依；南徙莫从，北游失路"④，所以急乎要想投身于一二所谓"君侯"也者，借可"收名定价"⑤。他此时觉着要"出宇宙之寥廓，登云天之渺茫"⑥，是难实践的；所以转了一念，而主张"申管晏之谈，谋帝王之术；奋其智能，愿为辅弼"⑦了。

但是他这种活动，似乎并没有成功，因为他到三十五岁的时候，还仍旧惘惘然地作客太原⑧。于此，倒反提拔了一个郭子仪，使他后来竟成功一番轰轰烈烈的功业。

从太原又东游齐、鲁，遂寓家于任城（今山东济宁市）。我们虽不能确然晓得移寓在哪一年，却知他侨寓鲁中颇久，故竟被人认作山东人了。

---

① 《安陆白兆山桃花岩寄刘侍御绾》。（本编未录）
② 《与韩荆州书》。
③ 《访戴天山道士不遇》。
④ 《上安州李长史书》。
⑤ 《与韩荆州书》。
⑥ 《代寿山答孟少府移文书》。
⑦ 《代寿山答孟少府移文书》。
⑧ 太白尝客太原识郭汾阳（子仪）事，系据裴敬《翰林学士李公墓碑》。其游太原在三十五岁，则据王琦《年谱》。

李白诗

《游太山》诗六首(本编入选),便是这一时期的作品。你看他说:"凭崖览八极,目尽长空闲",可见他彼时感着非常寂寞。

天宝初年,太白游会稽,与道士吴筠善,荐之于朝,又得秘监贺知章为之称誉,乃得玄宗以奇才相待,征入京师,"召见金銮殿,论当世事,奏颂一篇;帝赐食,亲为调羹;有诏供奉翰林"①:总算他的初志已遂。你看他临别时说:"归时倘佩黄金印,莫见苏秦不下机。"②也可见他心中的得意不期流露了。

无如他生性浪漫,且复恃才傲物,想来得罪人处一定不少,所以在翰林不过三年,竟不为亲近所容,而被优诏罢遣了。③在这三年里面,他做了好些极优美的纯粹的艺术作品,如《宜春苑奉诏赋龙池柳色初青听新莺百啭歌》《宫中行乐词》(以上本编未收),《清平调词》(本编入选)等,至今犹脍炙人口,向来作香艳宫词体的莫不奉为楷模。盖彼时他正"承恩初入银台门,著书独在金銮殿;龙驹雕镫白玉鞍,象床绮食黄金

---

① 《新唐书·文艺列传》。
② 《别内赴征》三首之二。
③ 《新唐书·李白传》云:"白尝侍帝,醉,使高力士脱靴。力士素贵,耻之,摘其诗以激杨贵妃。帝欲官白,妃辄阻止。"《魏序》则谓"以张垍谗逐"。说虽不一,总之开罪者不仅一人,因被谗谤而见疏。

盘；当时笑我微贱者，却来请谒为交欢"①——实是生平最得意的一段时期，故能把他的艺术伎俩尽情施展。

且我们晓得他"少年落魄楚汉间，风尘萧瑟多苦颜"②；此时年纪已过四十，始得"一朝君王垂拂拭"③，故愿"壮心剖出酬知己"④，而不肯便舍去，乃是情理中事。他彼时本想"待吾尽节报明主，然后相携卧白云"⑤的，故和他同为"酒中八仙"之一的贺知章临当告老归山的时候⑥，他尚"借问欲栖珠树鹤，何年却向帝城飞"⑦——似乎还希望他再出山的意思。又谁知这个金马玉堂，非是他这种浪漫的人物所能久居的；这似至遭谗之后，他始有所觉悟，《送裴十八图南归嵩山》的诗里，便说"同归无早晚，颍水有清源"——已决然有去志了。

去京之后，仍旧去做他的漫游生活：北抵"赵、魏、燕、晋（河北、山西及河南北部等地），西涉邠、岐（陕西），历商於（河南淅川县西），至洛阳，南游淮泗（安徽北部），再入会

---

① 《赠从弟南平太守之遥》二首之一。（系后时追叙之语）
② 《驾去温泉宫后赠杨山人》。（此晓作）
③ 《驾去温泉宫后赠杨山人》。（此晓作）
④ 《走笔赠独孤驸马》。（后作）
⑤ 《驾去温泉宫后赠杨山人》。（此晓作）
⑥ 太白在长安时，与贺知章、汝阳王李琎、崔宗之、裴周南等为"酒中八仙"之游。其时约在天宝元、二年间，因贺知章之离京归越，为天宝三载正月五日，有《册府元龟》可据。
⑦ 《送贺监归四明应制》。

李白诗

稽,而家寓鲁中;故时往来齐、鲁间,前后十年,中惟游梁、宋(河南北部)最久"[1]。他和杜甫会见,就在这个期间。而且这十年里面,他的作品特别丰富;我们只看《梁园吟》[2]一篇,可见他满腹牢骚,因而纵酒浪游,渐渐流于颓废的态度;又可见他的诗的风格,也似乎比从前更加豪放了。然而他仍旧还没有死心,所以终于说:"东山高卧时起来,欲济苍生未应晚。"

天宝十四载(时太白五十五岁)十二月,安禄山反于范阳,率众南下,所过州县,望风瓦解。未几,洛阳陷没。明年,长安亦不守;玄宗奔蜀,肃宗即位于灵武。如此骚乱情形,由太白诗里反映出来的颇不少:例如《猛虎行》一篇,正是记载时事,并以发泄自己胸中的愤激的。彼时他正作客宣城,旋由宣城至溧阳[3],又至剡中[4],遂入庐山[5]。因为他见中原大乱,虽然孤愤,却知自己并无权位,要想"一箭落旄头"[6],究竟是一种梦想;所以竟说"吾非济代人,且隐屏风

---

[1] 王琦《年谱》。
[2] 此诗首段云:"我浮黄河去京阙,挂席欲进波连山。天长水阔厌远涉,访古始及平台间。"似是他离长安后便径往大梁;但他游大梁不止一次,这是第一次。
[3] 《猛虎行》即此时作。
[4] 有《经乱后将避地剡中留赠崔宣城》。(本编未选)
[5] 有《赠王判官时余归隐居庐山屏风叠》。
[6] 《经乱离后天恩流夜郎忆旧游书怀赠江夏韦太守良宰》。

叠"①。又谁知隐居未稳，又刚刚遇着永王璘东巡之事，把他牵涉在内，使他暮年的生命之流里又起了一个极大的波澜。

永王璘是玄宗第十六子。天宝十五载（即肃宗至德元载）六月，玄宗奔蜀，至汉中郡，下诏以璘为山南东路、岭南、黔中、江南西路等四道节度采访使，江陵郡大都督。七月，璘至襄阳；九月，至江陵，招募士卒得数万人。时，江淮租赋巨亿万，所在山委，恣情破用。肃宗闻之，诏璘还觐上皇于蜀，璘不从命。其子襄成王偒，勇而有力，握兵权，为左右眩惑，遂谋狂悖，劝璘取金陵。璘从子谋，遂于十二月擅引舟师东下；旋为河北招讨判官李铣所败，璘中矢被执，偒亦为乱兵所害。时太白在永王幕中为僚佐，及兵败，乃亡走彭泽，坐系浔阳狱。

于此有一点，颇饶研究的趣味，即太白之入永王幕，为自动的抑为被动的问题是也。据《旧唐书》，谓"元宗……以永王璘为……节度使，白在宣州谒见，遂辟为从事"云云，那末是自动的了。但他的《为宋中丞自荐表》中，则言"属逆胡暴乱，避地庐山；遇永王东巡，胁行中道奔走，却至彭泽"。《忆旧游书怀》诗亦云："仆卧香炉顶，餐霞漱瑶泉。……半夜水军来，浔阳满旌旃。空名适自娱，迫胁上楼船。"那末似乎完全是被动的。后人对于这一点似乎很注意。以为永王既以

---

① 《赠王判官》。

李白诗

谋逆而兵败,就要算是叛臣;太白若果自动地身事叛臣,岂不是他的声名的大污点?所以一般为太白回护的论者都宁相信他自己的"胁从"之说,而认《旧唐书》的"谒见"之说为非事实。例如苏轼云:"太白之从永王璘,当由迫胁。不然,璘之狂肆寝陋,虽庸人知其必败也。太白识郭子仪之为人杰,而不能知璘之无成,此理之必不然者也。"[①]但是这种据"理"来推定事实的办法,也很靠不住。我们看他的《永王东巡歌》十一首之二云:"三川北虏乱如麻,四海南奔似永嘉。但用东山谢安石,为君谈笑静胡沙。"可见,他当时明明以谢东山济世自任,这岂也是"迫胁"而成的吗?又《在水军宴赠幕府诸侍御》诗云:"英王受庙略,秉钺清南边。……愿与四座公,静谈金匮篇。齐心戴朝恩,不惜微躯捐。所冀旄头灭,功成追鲁连。"这难道又是违心之言吗?故我们持平而论,当知太白用世之心,是始终没有泯灭的:他自去京之后,浪游十有余年,胸中的牢骚并未稍减;虽经乱离后,且在庐山小隐,却自己也明说并非没有再出山的意思,所以此番永王东巡,正是他出山用世的一个好机会,那末《旧唐书》所谓"谒见"之说,亦非不可信。至于后来永王谋逆,或者因他不从而确曾出于胁迫;这是他始料所不及的。事变骤来,不及防备,而永王之兵又败得很快;他仓促间逃还浔阳,使人不明他究为被胁而逃抑为兵

---

① 见所作《李太白碑阴记》。

败而逃，因而竟不免株连了。亮哉蔡宽夫之言曰：

> 太白岂从人为乱者？盖其学本出纵横，以气侠自任；当中原扰攘之时，欲藉之以立奇功耳。……大抵才高意广如孔北海之徒，固未必有成功，而知人料事，尤其所难。议者或责以璘之猖獗，而欲仰以立事，不能如孔巢父、萧颖士察于未萌，斯可矣。若其志，亦可哀矣！①

彼时他以衰暮之年而犹不免身在缧绁，致使一门骨肉离散，"兄九江兮弟三峡，悲羽化之难齐；穆陵关北愁爱子，豫章天南隔老妻"②，自无怪他要"万愤结缉，忧从中催"③了。犹幸后来宣慰大使崔涣及御史中丞宋若思为之推覆昭雪。若思率兵赴河南，释其囚，使参谋军事，并上书荐白才可用，不报④。

但至次年（即乾元元年），终以永王事流夜郎，遂泛洞庭，上三峡，至巫山。又明年，未至夜郎，遇赦得释。自是更游金陵、宣城、历阳等处。最后往依当涂令李阳冰。于宝应元年（公元762年）十一月以疾卒于当涂，时年六十二。

---

① 见所著《渔隐丛话》。
② 《万愤词投魏郎中》。
③ 《上崔相百忧章》。
④ 据曾巩《李白集序》。

李白诗

我们看这五六年里面的作品,未赦以前,则但有哀怨怀旧之情,已少孤愤激昂之慨,例如《流夜郎赠辛判官》诗云:

> 昔在长安醉花柳,五侯七贵同杯酒。气岸遥凌豪士前,风流肯落他人后?夫子红颜我少年,章台走马著金鞭。文章献纳麒麟殿,歌舞淹留玳瑁筵。与君自谓长如此,宁知草动风尘起。函谷忽惊胡马来,秦宫桃李向明开。我愁远谪夜郎去,何日金鸡放赦回!

遇赦之后,虽则壮心未全死,却为老病所困,兴致渐衰①,故对于世事觉着虚空,而仍入于颓废。然而颓废之中,仍旧不脱向来那种豪放之气,这由于诗人的个性,是不会因境遇而全然改变的。例如《江夏赠韦南陵冰》诗②后段云:

> 人闷还心闷,苦辛长苦辛。愁来饮酒二千石,寒灰重暖生阳春。山公醉后能骑马,别是风流贤主人。头陀云月多僧气,山水何曾称人意?不然鸣箛按鼓戏沧流,呼取江南女儿歌棹讴。我且为君挝醉黄鹤楼,君亦为吾倒却鹦鹉

---

① 见《留别金陵崔侍御》。
② 此诗前段有"君为张掖近酒泉,我窜三巴九千里。天地再新法令宽,夜郎迁客带霜寒"之句,故知为遇赦后所作。

洲。赤壁争雄如梦里，且须歌舞宽离忧。

至其绝命一词云①：

> 大鹏飞兮振八裔，中天摧兮力不济。余风激兮万世，游扶桑兮挂左②袂。后人得之传此；仲尼亡兮，谁为出涕！

我们读此诗时觉得一股磅礴之气横溢言表；比之陶渊明《自挽词》那种"荒草何茫茫，白杨亦萧萧"的苍凉声调自是不同。故说太白至死不失其浩然之气可也。

据《魏序》，太白凡四娶：其一许氏，已如上述；其一刘氏，又其一为鲁之妇人，已失其姓氏，今皆不复可考。又谓"终娶于宋"。按太白《窜夜郎于乌江留别宗十六璟》诗有"我非东床人，令姊忝齐眉"之句，则终娶者或即宗璟之姊，而"宋"字或即"宗"字之讹耳。又按《送内寻庐山女道士李腾空》诗有"多君相门女，学道爱神仙"之句，可知太白小隐庐山时，其许氏夫人必尚在也。

太白自己但言有一子一女：子曰伯禽，女曰平阳③。《魏

---

① 李华《墓志》谓太白赋《临终歌》而卒。今集中有《临路歌》一首。"路"字或即"终"字之误；且玩其词意，亦极似绝命词。
② "左"，本作"石"，今从王说改。
③ 见《寄东鲁二稚子》。

序》则谓"始娶于许,生一女一男,曰明月奴。……鲁一妇人生子曰颇黎"。不知此字为伯禽者即明月奴抑即颇黎。又据范传正《李公新墓碑》云:"……访公之子孙,欲申慰荐,凡三四年,乃获孙女二人:一为陈云之室,一为刘劝之妻,皆编户氓也。……问其所以,则曰:'父伯禽,以贞元八年(距太白卒后三十年)不禄而卒,有兄一人出游一十二年,不知所在;父存无官,父殁为民,有兄不相保,为天下之穷人。……'"从知太白的后嗣也萧条得很。

我们统观太白的诗文,觉得他胸中的境界浩漫无际,因而觉得他的思想态度也似乎变幻无恒。例如《短歌行》云:"白日何短短,百年苦易满。……富贵非所愿,为人驻颜光。"——这明明是出世主义。但《少年行》云:"男儿百年且荣身,何须徇节甘风尘?……看取富贵眼前者,何用悠悠身后名?"——则又显然是享乐主义了。又如《悲歌行》的"还须黑头取方伯,莫谩白首为儒生",可以代表进取的态度;而《江上吟》的"功名富贵若长在,汉水亦应西北流",便又是厌世态度了。诸如此类的例子,实在举不胜举。总之,我们读李白的作品时,决不能像读陶渊明的诗那样容易将其中的意义把捉得住。

惟其不易把捉,所以从来的批评家都只好用"仙才"[①]"天

[①] 马端临《文献通考》卷二百四十二云:宋景文诸公尝评唐人诗云:"太白仙才,长吉鬼才。"

仙"①一类同样不易把捉的字眼来批评他。但我们相信一个诗人总有他自己一种独特的个性；这种个性，在有些诗人比较难以认识是有的，却万不可因为难以认识就否认他有个性。向来批评李白的人，最能认出他的个性的，我以为要算刘昫。刘昫的《旧唐书·文苑列传》云："李白……少有逸才，志气宏放，飘然有超世之心。"他这"超世"两个字，便可以把李白的思想和艺术都统摄在里面，而不致有自相矛盾的地方了。

不过这"超世"两个字，不可仅仅解作出世或厌世；这其中的含义深富，须得加以一番解释；也许刘昫自己当初用这个字的时候，还未必给它这样充分深富的意义吧。

我以为这个"世"字，应该是包括人类社会和自然界而言的。大凡是天才，到了成熟之后，大都成为——或想成为——一种超人。不过这个"超"，也有分等：有的只以思想超人，至于其他一切，都仍与寻常人一样；还有的，则不仅思想上要想超人，就是物质的生活上也想超人，而且不仅要超"人"，并要超"自然"。这样的人，大都视自己的天才为一种无上的威权，以为人间的一切——并且自然界的一切——都应该受他的支配；所以往往凭借天才来役使一切，奴视一切，玩弄一切。如今我们所研究的这位诗人，就是属于后面这一派的

---

① 严羽《沧浪诗话·诗评》云："人言太白仙才，长吉鬼才，不然。太白天仙之词，长吉鬼仙之词耳。"

李白诗

超人。

他自己以为是个"天上白玉京,十二城五楼,仙人抚我顶,结发受长生"①的天之骄子,所以自小便不甘居人下。他第一步先求超出寻常的社会,那末就须取得人世间的权位,因为他觉得既居人世,而无权位,则不能役使群众,不能施展本能,不能"黄金逐手快意尽"②,不能"载妓随波任去留"③。所以他不惜向当时持有权位的人屡次去干请④,只无非要借他们做一种直上青云的阶梯——虽则他对他们也只肯"长揖"⑤而已。后来居然得跻身于金马玉堂,总算已经差不多在一人之下万人之上了,但他还想"超"上一层,竟对君主的威权也挑战起来;并且尝试着要去侮辱当时朝中潜势力极大的高力士⑥,于是乎一跌就从青云里仍复跌到泥中了。

平心而论,他这种的挫折,也只算得是情理之常。因为他所恃以求超人的天才,其体现也,无非是文章而已;而文章也者,其在实际社会,未必真有如天才自己所梦想的那样绝对的威权;文章仍旧要靠实在的威权为权威的。故凡在封建时

---

① 《经乱离后天恩流夜郎忆旧游书怀赠江夏韦太守良宰》。
② 《醉后赠从甥高镇》。
③ 《江上吟》。
④ 太白二十岁时,礼部尚书苏颋出为益州长史,白即于路中投刺,颋待以布衣之礼。
⑤ 《忆襄阳旧游赠马少府巨》云:"高冠佩雄剑,长揖韩荆州。"
⑥ 相传太白乘醉使高力士脱靴,力士耻之,遂衔恨。

代，文人得权贵之宠则有势力，失权贵之宠则无势力。乃太白当时没有见到这一点：一朝得意，便以为生平梦想中的文章的威权似乎已经实现，竟尔放肆起来，殊不知当日玄宗对他特别优宠——说得苛刻一点也只无非像宠杨贵妃之色或宠李龟年之艺而已。实则太白当时在朝，也只不过献几首《宫中行乐词》，借以点缀宫闱之淫乐，或编几首《清平调》，借助明皇和贵妃之风流，究竟关于国家大计有何建树？故他虽自以为玩弄君王，而不知终为君王所玩弄。及至玩弄得厌烦了，则仍旧优诏遣去——这就算他的超人的迷梦之醒觉了。醒觉之后，当然是继之以牢骚，而遂流于颓废。其影响，足以开后世文人恃才傲物之风，与夫人人以屈大夫谢东山自居的恶习，此李白之人格所以终须逊陶渊明一筹也。

但我们如欲充分地了解李白，则又须晓得他不但要想超人，并且要想超自然。能超自然的，无非就是所谓神仙了；所以他颇倾向于修仙学道之说，而这种倾向表现于诗中的地方很多。我们又须晓得他这求神仙和求富贵的两种心理，并不能和西洋人的灵肉两种观念相比拟，而认为彼此冲突。他这两种心理正是相因而成的：惟其想超人，所以求富贵，但也知富贵不免受"自然"的限制，所以更求超自然。讲得苛刻一点，我们正可以说他和秦始皇汉武帝的心理无异，不过秦皇汉武到尽极富贵之后才想求神仙，他却早想到功名富贵之不能久而求神仙，又因神仙到底渺茫，不如及时享乐，乃更转而求人间富

李白诗

贵耳①。然而富贵既随得随失,而神仙又当然是不可求的,所以他的两重迷梦终于醒觉,结果,只互相助成他的颓废态度而已。明乎此,则诗文中初看似乎矛盾的地方,便觉都无矛盾了。因为他想超人,所以说"男儿百年且荣身,何须徇节甘风尘?",但他也明知"功名富贵若长在,汉水亦应西北流",所以转了一念而想超自然,乃说"富贵非吾愿,为人驻颜光"。然而颜光究竟是不可驻的,所以终于归宿到"烹羊宰牛且为乐,会须一饮三百杯"②。

不过他的超人主义和超自然主义在事实上虽都终于失败,在艺术上却是大成功的。

艺术上的超人主义和超自然主义大抵不外用两种方法实现之:其一,不以现实为题材;又其一,虽以现实为题材,却避开写实的方法。要避开写实的方法,也只不外两途:其一,

---

① 《代寿山答孟少府移文》云:"近者逸人李白自峨眉而来。……遁乎此山。仆尝弄之以绿绮,卧之以碧云,噉之以琼液,饵之以金砂。既而,童颜益春,真气愈茂;将欲倚剑天外,挂弓扶桑;浮四海,横八荒;出宇宙之寥廓,登云天之渺茫。俄而李公仰天长吁,谓其友人曰:'吾未可去也。吾与尔,达则兼济天下,穷则独善一身。安能餐君紫霞,荫君青松,乘君鸾鹤,驾君虬龙?一朝飞腾,为方丈、蓬莱之人耳,此则未可也。'乃相与卷其丹书,匣其瑶瑟,申管、晏之谈,谋帝王之术;奋其智能,愿为辅弼,使寰区大定,海县清一。事君之道成,荣亲之义毕,然后与陶朱、留侯,浮五湖,戏沧洲,不足为难矣。"就是说明他这种心理的。
② 《将进酒》。

不平铺直叙,而多用暗喻;又其一,故将自然的现象搅乱,使人抓不住一点确实的观念。由这种方法做成的艺术,我们可以替它杜撰一个名词,叫做"超实主义"①,以与自然主义或写实主义相对待。

李白的诗,就是超实主义之最成功者。你看他集中如《飞龙引》《怀仙歌》一类作品,都不是以现实为题材的,而即如明明描写时事的《猛虎行》之类,也都被他装上一种超自然的色彩。所以然者,就由于他完全用的是暗喻,没有一句是写实的。又如《长干行》一诗,本来只写一段很平淡的事情,他却要把"瞿塘滟滪堆"以及"长风沙"等等极富暗示力的名词用在里面,便使读者感着一种悲壮的情绪。

王静安先生用"气象"两个字来批评李白②,最是切当。我们可说李白是为艺术而艺术的,又可说他的艺术的目的只在发挥气象。所以他的诗的取材,没有一处不是壮美的,也没有一处曾令人感着缩瑟局促的神情的。就如《古风》四首之二,写的是中原兵乱的情形,本来也可算是悲壮的题材了,他却还要先将自己高高置身于"紫冥"里,然后再"俯视洛阳川",而见"茫茫走胡兵"。盖唯从高处俯视,然后见得出"茫茫",

---

① 有人说李白的艺术是浪漫主义。但我以为西洋所谓浪漫主义一个名词,自有它的历史上的意义,不可随便应用,故不如杜撰一个名词,较为妥当。
② 见所著《人间词话》。

李白诗

然有此"茫茫"二字,气象便开阔多了。故李白的诗的价值只在气象,而所以造成气象,则只在善于超实。至于他的音节,也自有一种特征,颇足以助成气象的宏大,读者果能多读,当自得之,这里不能细论了。

傅东华

一九二六年十一月

古风四首

其一

天津①三月时,千门桃与李。朝为断肠花,暮逐东流水。②前水复后水,古今相续流。新人非旧人,年年桥上游。

鸡鸣海色③动,谒帝罗④公侯。月落西上阳⑤,

---

① 天津桥在今河南洛阳市西南。隋炀帝大业元年初造此桥,以驾洛水,用大船维舟,皆以铁锁钩连之。唐贞观十四年,更令石工累方石为脚。今曰上浮桥。
② 两句之意,言三月三朝,人见桃李烂漫,春心摇荡,感物伤情,肠为之断,至于日暮,花已零落,游逐东流之水。
③ 海色,晓色;鸡鸣之时,天色昧明,如海气朦胧然。
④ 罗,列。
⑤ 唐东都上阳宫,在宫城之西南。上阳之西,隔谷水,有西上阳宫,皆高宗龙朔后置。

余辉半城楼。衣冠照云日,朝下散皇州①。鞍马如飞龙,黄金络马头。行人皆辟易②,志气横嵩丘③。

入门上高堂,列鼎错珍羞。香风引赵舞,清管随齐讴。④七十紫鸳鸯,双双戏庭幽。⑤行乐争昼夜,自言度千秋。

功成身不退,自古多愆尤。⑥黄犬空叹息⑦,绿珠成衅仇⑧。何如鸱夷子,散发棹扁舟。⑨

---

① 皇州,帝都。
② 辟易,谓开张而易其本处。
③ 嵩丘即嵩山。
④ 赵女,善舞者;齐人,善讴者:故世称赵舞、齐讴。
⑤ 古乐府《鸡鸣曲》:"鸳鸯七十二,罗列自成行。"
⑥ 老子曰:"功遂身退,天之道。"
⑦ 秦二世听赵高之潜,论李斯腰斩。斯临刑谓其中子曰:"吾欲与若复牵黄犬出上蔡东门逐狡兔,岂可得乎?"遂父子相哭而夷三族。
⑧ 晋石崇有妾曰绿珠,孙秀使人求之,崇不与,秀矫诏收崇。绿珠坠楼卒,崇亦被杀。
⑨ 鸱夷子,范蠡。越王勾践困于会稽,乃用范蠡、计然,十年国富,赂战士,遂报强吴。范蠡乃乘扁舟浮江湖,变姓名,适齐,为鸱夷子。散发,言不为冠所束。

古风四首

其二

西上莲花山①,迢迢见明星②。素手把芙蓉③,虚步蹑太清④。霓裳⑤曳广带,飘拂升天行。邀我登云台⑥,高揖卫叔卿⑦。恍恍⑧与之去,驾鸿凌紫冥⑨。俯视洛阳川,茫茫走胡兵。流血涂野草,豺狼尽冠缨。⑩

---

① 莲花山,即莲花峰。《陕西志》云:"华山北上有莲花峰,视诸峰为更高。"华山为五岳之西岳,在今陕西华阴市。《华山记》云:"山顶有池生千叶莲花,服之羽化,因曰华山。"
② 迢迢,远貌。明星,仙女。《集仙传》云:"明星玉女居华山,服玉浆,白日升天。"
③ 芙蓉,莲花。
④ 蹑,niè,蹈。太清,天空。
⑤ 《楚辞·九歌·东君》"青云衣兮白霓裳",言如虹霓之裳。
⑥ 云台,峰名。慎蒙《名山记》:"云台峰在太华山东北,两峰峥嵘,四面陡绝,上冠景云,下通地脉,嶷然独秀,有若灵台。"
⑦ 卫叔卿,仙人名。葛洪《神仙传》卷八云:"卫叔卿者,中山人也,服云母得仙。汉元封二年八月壬辰,孝武皇帝闲居殿上,忽有一人,乘云车,驾白鹿,从天而下,来集殿廷。其人年可三十许,色如童子,羽衣星冠。帝惊问为谁。答曰:'我中山卫叔卿也。'帝曰:'子若是中山人,乃朕臣也,可前共语。'叔卿……默然不应,忽焉不知所在。"
⑧ 恍恍,恍惚。
⑨ 鸿,水鸟名,较雁为大。郭璞《游仙》诗:"驾鸿乘紫烟。"
⑩ 玄宗天宝十四载,安禄山反,洛阳破没。胡兵,谓禄山之兵;豺狼,谓禄山所用之逆臣。

其三

大车扬飞尘,亭午暗阡陌①。中贵多黄金,连云开甲宅。②路逢斗鸡者③,冠盖何辉赫!鼻息干虹蜺,行人皆怵惕④。世无洗耳翁⑤,谁知尧与跖⑥?

其四

朝弄紫泥海⑦,夕披丹霞裳⑧。挥手折若木,拂此

---

① 亭,在。日在午,曰亭午。阡陌,田间道:南北曰阡,东西曰陌。
② 中贵,谓内臣之贵幸者:在中而贵,幸非德望,故云中贵。甲宅,犹甲第。《新唐书·宦者列传序》:"开元、天宝中,宦者黄衣以上三千员,衣朱紫千余人。……于是甲舍、名园、上腴之田,为中人所占者半京畿矣。"
③ 玄宗好斗鸡,贵臣外戚皆尚之。
④ 怵惕,恐惧。
⑤ 洗耳翁,谓许由。《琴操》云:"尧大许由之志,禅为天子,由以其不善,乃临河而洗耳。"
⑥ 跖,zhí,黄帝时大盗之名;柳下惠弟为天下大盗,故世放古号之盗跖。
⑦ 东方朔去,经年乃归。母曰:"汝行经年一归,何以慰我耶?"朔曰:"儿至紫泥海,有紫水污衣,仍过虞渊湔洗。朝发中返,何云经年乎?"(郭宪《洞冥记》卷一)
⑧ 谢朓《七夕赋》:"霏丹霞而为裳。"

西日光①。云卧游八极,玉颜已千霜。飘飘入无倪②,稽首祈上皇③。呼我游太素④,玉杯赐琼浆。一餐历万岁,何用还故乡?永随长风去,天外恣飘扬。

---

① 《楚辞·离骚》:"折若木以拂日兮,聊逍遥以相羊。"王逸注:"若木在昆仑西极,其华照下地。"拂,击;言折取若木以拂击日,使之还去。或谓:拂,蔽。以若木障蔽日,使不得过。
② 无倪,无际。
③ 上皇,上帝。
④ 太素,与紫清、三元,并道君之所治。

蜀道难①

噫吁嚱②,危乎高哉!蜀道之难,难于上青天!

蚕丛及鱼凫,开国何茫然!③尔来四万八千岁,不与秦塞通人烟④。

西当太白有鸟道⑤,可以横绝峨眉⑥巅。地崩山

---

① 《蜀道难》,古乐府曲名,为相和歌瑟调三十八曲之一。
② 噫吁嚱,皆叹声。蜀人见物惊异,辄曰:"噫吁嚱。"嚱,xī。
③ 传说:蜀地古初有蚕丛、鱼凫二王,蚕丛纵目,鱼凫得仙。扬雄《蜀王本纪》:"蜀王之先,名蚕丛、柏灌、鱼凫、蒲泽、开明。……从开明上至蚕丛,积三万四千岁。"
④ 秦惠王二十七年,使张仪筑都城,后置蜀郡,以李冰为守,蜀人始通中国。
⑤ 太白,山名,在今陕西眉县东南。鸟道,谓其险绝,兽犹无蹊,特上有飞鸟之道耳。
⑥ 峨眉山,在四川峨眉山市西南,两山相对如蛾眉,故又名蛾眉。

蜀道难

摧壮士死①,然后天梯石栈相钩连②。上有六龙回日之高标③,下有冲波逆折④之回川。黄鹤之飞尚不得,猿猱欲度愁攀缘。⑤

青泥何盘盘⑥,百步九折萦岩峦⑦。扪参历井仰胁息⑧,以手抚膺坐长叹。

问君西游何时还?畏途巉岩⑨不可攀。但见

---

① 秦惠王知蜀王好色,许嫁五女于蜀。蜀王遣五丁迎之。还到梓潼,见一大蛇入穴中。一人揽其尾掣之,不禁,至五人相助,大呼拽蛇。山崩,压杀五人及秦五女并将从。(常璩《华阳国志·蜀志》)
② 天梯,谓崎岖之山路;石栈,即栈道,谓险绝之处,傍山架木,以通道路者。
③ 《淮南子·天文训》高诱注:"日乘车,驾以六龙,羲和御之。日至此(悬车)而薄于虞泉,羲和至此而回六螭。"高标,王说谓指蜀山之最高而为一方之标识者。
④ 逆折,旋回。司马相如《上林赋》:"横流逆折。"
⑤ 黄鹤,飞之至高者,猿猱,最便捷者,尚不得度,其险绝可知矣。猿,猴属,长臂;猱,náo,猿属,一说母猴。
⑥ 青泥岭,在沔州长举县(今陕西勉县)西北五十里,悬崖万仞,上多云雨。(《舆地广记》)盘盘,屈曲貌。
⑦ 言青泥之路萦纡,百步而九折。峦,谓山形长狭者。
⑧ 参、井,皆宿名;参为蜀之分野,井为秦之分野。青泥岭乃自秦入蜀之路,故举二方分野之星相联者言之。扪参历井者,谓仰视天星,去人不远,若可以手扪之,极言其岭之高。胁息,谓屏气鼻不敢息。
⑨ 巉岩,山石高峻之貌。

悲鸟号古木，雄飞雌从绕林间。又闻子规①啼夜月，愁空山。蜀道之难，难于上青天！使人听此凋朱颜！

连峰去天不盈尺，枯松倒挂倚绝壁。飞湍瀑流争喧豗②，砯③崖转石万壑雷。其险也若此，嗟尔远道之人胡为乎来哉！

剑阁峥嵘而崔嵬④：一夫当关，万夫莫开⑤。所守或匪亲，化为狼与豺。⑥朝避猛虎，夕避长蛇，磨牙吮血，杀人如麻。锦城⑦虽云乐，不如早还家。蜀道之难，难于上青天！侧身西望长咨嗟。

---

① 子规，即杜鹃，蜀中最多，春暮即鸣，夜啼达旦，声甚哀切，闻者凄恻。
② 湍，急流。瀑，瀑布。豗，huī，哄声。
③ 砯，pēng，水击岩之声。
④ 剑阁，即大、小剑山。大剑山在四川剑阁县北，小剑山与之相连。《水经注·漾水》："小剑戍西去大剑山三十里，连山绝崄，飞阁通衢，故谓之剑阁也。"峥嵘，高貌；崔嵬，土山之戴石者，此处作突兀貌。
⑤ 张载《剑阁铭》："一人守险，万夫趑趄。"
⑥ 谓守阁者任非其人，如豺狼之反噬。张载《剑阁铭》："形胜之地，匪亲勿居。"
⑦ 锦城，即锦官城，在今四川成都市南，后人泛称成都城为锦城。

梁甫吟①

长啸《梁甫吟》，何时见阳春！

君不见，朝歌屠叟辞棘津，八十西来钓渭滨。②宁羞白发照渌水，逢时壮气思经纶。广张三千六百钓③，风期④暗与文王亲。大贤虎变⑤愚不

---

① 《梁甫吟》，乐府相和歌楚调曲名。张衡《四愁诗》四首之一云："欲往从之梁父艰。"李善注引刘良注云："太山，东岳也；君有德则封此山。愿辅佐君主致于有德，而为小人谗邪之所阻难也。梁父，太山下小山名。"《梁甫吟》或取此义。
② 朝歌屠叟，吕尚。朝歌，在今河南淇县。尚七十屠牛朝歌。棘津在广川（今河北衡水市冀州区），尚尝困于此。《史记·范雎蔡泽列传》："吕尚之遇文王也，身为渔父而钓于渭滨耳。"渭滨，谓渭水之滨。渭水源出甘肃渭源县北，东流至潼关入黄河。
③ 三千六百钓，萧本"钓"作"钓"，谓指太公八十钓于渭十年间事。十年三百六十日，每日而钓，故曰三千六百钓。至九十乃遇文王，是十年矣。
④ 风期，风度。《世说新语·言语》刘孝标注："（支遁）风期高亮。"
⑤ 《易·革卦》："大人虎变。《象》曰：大人虎变，其文炳也。"

测，当年颇似寻常人。

君不见，高阳酒徒起草中，长揖山东隆准公。入门不拜骋雄辩，两女辍洗来趋风。东下齐城七十二，指麾楚汉如旋蓬。

狂客落魄尚如此，何况壮士当群雄？①

我欲攀龙见明主，雷公砰訇震天鼓②。帝旁投壶多玉女，三时大笑开电光，倏烁晦冥起风雨③。阊阖九门④不可通，以额叩关阍者⑤怒。

白日不照吾精诚，杞国无事忧天倾⑥。猰㺄磨牙

---

① 郦生食其者，陈留高阳（今河南杞县）人也。好读书，家贫，落魄，无以为衣食，县中皆谓之狂生。沛公至高阳传舍，使人召郦生。郦生至，入谒，沛公方倨床，使两女子洗足而见郦生。郦生入，则长揖不拜。……曰："不宜倨见长者。"于是，沛公辍洗起，摄衣，延郦生上坐，谢之。郦生因言六国纵横时。沛公喜，号为广野君。尝为说客，驰使诸侯。汉三年，汉王使郦生说齐王，伏轼下齐七十余城。（《史记·郦生陆贾列传》）隆准公，谓汉高祖。《史纪·高祖本纪》："高祖为人隆准。"隆，高；准，鼻。
② 砰訇，pēng hōng，大声。雷公，雷神。天鼓，雷。
③ 东方朔《神异经·东荒经》："东王公与玉女投壶。……矫出而脱误不接者，天为之笑。"张华注："天不雨而有电光，是天笑也。"倏烁，闪烁；晦冥，谓暗。
④ 阊阖，chāng hé，天门。《后汉书·寇荣传》："阊阖九重。"
⑤ 阍者，闭门隶。
⑥ 《列子·天瑞》："杞国有人忧天地崩坠、身亡所寄、废寝食者。"

梁甫吟

竞人肉①,驺虞不折生草茎②。手接飞猱搏雕虎,侧足焦原未言苦。③智者可卷愚者豪,世人见我轻鸿毛④。力排南山三壮士,齐相杀之费二桃。⑤吴楚弄兵无剧

---

① 猰貐,yà yǔ,即窫窳。《山海经·北山经》:"少咸之山,有兽焉,其状如牛,而赤身、人面、马足,名曰窫窳,其音如婴儿,是食人。"
② 驺虞,兽名,黑文,尾长于身,不食生物,不履生草。
③ 《尸子》卷下:"中黄伯曰:'予左执太行之猱而右搏雕虎。……夫贫贱,太行之猱也;疏贱,义之雕虎也。……莒国有石焦原者,广五十步,临百仞之渊,莒国莫敢近也。有以勇见莒子者,独却行齐踵焉。'"
④ 《汉书·司马迁传》:"死有重于太山,或轻于鸿毛。"
⑤ 《晏子春秋·内篇谏下》:"公孙接、田开疆、古冶子事景公,以勇力搏虎闻。晏子过而趋,三子者不起。晏子入见公曰:'……不若去之。'公曰:'三子者,搏之恐不得,刺之恐不中也。'晏子因请公使人少馈之二桃,曰:'三子何不计功而食桃?'公孙接曰:'接一人搏猏而再搏乳虎。若接之功,可以食桃而无与人同矣。'援桃而起。田开疆曰:'吾仗兵而却三军者再。若开疆之功,亦可以食桃而无与人同矣。'援桃而起。古冶子曰:'吾尝从君济于河,鼋衔左骖,以入砥柱之流。冶逆流百步,顺流九里,得鼋而杀之;左操骖尾,右挈鼋头,鹤跃而出。津人皆曰河伯也,冶视之,则大鼋之首。若冶之功,亦可以食桃而无与人同矣。二子何不反桃?'公孙接、田开疆曰:'吾勇不子若,功不子逮,取桃不让,是贪也;然而不死,无勇也。'皆反其桃,挈领而死。古冶子曰:'二子死之,冶独生之,不仁;耻人以言,而夸其声,不义;恨乎所行,不死无勇。'亦反其桃,挈领而死。"诸葛亮《梁甫吟》:"步出齐南城,遥望荡阴里;里中有三坟,累累正相似。问是谁家冢?田疆古冶氏。力能排南山,文能绝地纪。一朝被谗言,二桃杀三士。谁能有此谋?相国齐晏子。"

孟，亚夫咍尔为徒劳。①

《梁甫吟》，声正悲。张公两龙剑，神物合有时。② 风云感会③起屠钓，大人岘屼④当安之。

---

① 《汉书·游侠传》："吴楚反。时条侯（周亚夫）为太尉，乘传东将至河南，得剧孟，喜曰：'吴楚举大事，而不求剧孟，吾知其无能为已。'"咍，hāi，笑。
② 张公，谓张华。华以雷焕为丰城令，使密寻剑。焕到县，掘地得双剑，并刻题一曰"龙泉"，一曰"太阿"。送一剑与华，留一自佩。华报焕书曰："详观剑文，乃'干将'也。'莫邪'何复不至？虽然，天生神物，终当合耳。"华诛，失剑所在。焕卒，其子持剑行经延平津，剑忽于腰间跃出堕水。使人投水取之，不见剑，但见两龙各长数丈，蟠萦有文章。没者惧而反。(见《晋书·张华传》)
③ 风云感会，喻际遇。《后汉书·朱景王杜马刘傅坚马列传》："咸能感会风云，奋其智勇。"
④ 岘屼，niè wù，不安貌，与杌陧、臲卼义同。

乌夜啼①

黄云城边乌欲栖,归飞哑哑②枝上啼。机中织锦秦川③女,碧纱如烟隔窗语。停梭怅然忆远人,独宿孤房泪如雨。

---

① 《乌夜啼》,古乐府名,宋临川王刘义庆所造。词云:"笼窗窗不开,夜夜望郎来。"
② 哑哑,乌啼声。
③ 关中之地,沃野千里,秦之故国,故谓之秦川。

乌栖曲①

姑苏台②上乌栖时,吴王宫里醉西施③。吴歌楚舞欢未毕,青山犹衔半边日。银箭金壶漏水多④,起看秋月坠江波。东方渐高奈乐何!

---

① 智匠《古今乐录》:"《乌栖曲》者,鸟兽三十一曲之一也。"《乐府诗集》列于西曲歌中《乌夜啼》之后。
② 姑苏台,在今江苏苏州市吴中区西南姑苏山上,吴王夫差所造,或云阖闾所筑,夫差高而饰之。
③ 吴王,即夫差。任昉《述异记》卷上:"吴王夫差筑姑苏之台。……上别立春宵宫,作长夜之饮。……作天池,……与西施为水嬉。"
④ 古代计时用刻漏。其制以漏壶之底穿孔,中立一箭。壶中之水因漏而减,漏刻之度亦以次显露。

战城南①

去年战,桑干②源;今年战,葱河③道。洗兵条支④海上波,放马天山⑤雪中草。万里长征战,三军尽衰老。

匈奴以杀戮为耕作⑥,古来唯见白骨黄沙田。秦

---

① 《战城南》,汉短箫铙歌二十二曲之一。
② 桑干河,源出马邑县(今山西朔州市东北马邑村),今名永定河。《新唐书·王忠嗣传》:"天宝元年,北讨奚怒皆,战桑干河,三遇三克。"干,gān。
③ 葱河,即葱岭河,有南北二河,南曰叶尔羌,北曰喀什噶尔。《新唐书·李嗣业传》:"初讨勃律也,通道葱岭。"
④ 条支,西域国名。《汉书·西域传》:"条支国临西海。"在今亚洲西部底格里斯与幼发拉底两河之间。
⑤ 天山,一名雪山,在新疆境内。
⑥ 王褒《四子讲德论》:"匈奴,百蛮之最强者也。其耒耜则弓矢鞍马,播种则捍弦掌拊,收秋则奔狐驰兔,获刈则颠倒殪仆。"此谓以杀戮为耕作,盖本于此。

家筑城备胡①处,汉家还有烽火燃②。

烽火燃不息,征战无已时。野战格③斗死,败马号鸣向天悲。乌鸢④啄人肠,衔飞上挂枯树枝。士卒涂草莽,将军空尔为。乃知兵者是凶器,圣人不得已而用之。⑤

---

① 城谓长城。秦始皇筑长城以拒匈奴。
② 汉文帝时,匈奴犯边,烽火通甘泉宫。
③ 相拒而杀之曰格。
④ 鸢,鸷鸟,嗜食腐败之肉。
⑤ 《六韬·文韬·兵道》:"圣人号兵为凶器,不得已而用之。"

将进酒[①]

君不见,黄河之水天上来,奔流到海不复回。君不见,高堂明镜悲白发,朝如青丝暮成雪。人生得意须尽欢,莫使金樽空对月。

天生我材必有用,千金散尽还复来。烹羊宰牛且为乐,会须一饮三百杯[②]。岑夫子,丹丘生,[③]将进酒,杯莫停。与君歌一曲,请君为我倾耳听。钟鼓馔玉不足贵,但愿长醉不用醒。古来圣贤皆寂寞,唯有饮者留其名。

[①] 《将进酒》为汉鼓吹铙歌十八曲之一。古词名:"将进酒,乘大白。"大略以饮酒放歌为言。
[②] 陈暄《与兄子秀书》:"郑康成一饮三百杯,吾不以为多。"
[③] 岑夫子,即集中所称岑征君是;丹丘生,即集中所称元丹丘是。皆太白好友。

李白诗

陈王昔时宴平乐,斗酒十千恣欢谑。①主人何为言少钱?径须沽取对君酌。五花马,千金裘,②呼儿将出换美酒,与尔同销万古愁。

---

① 陈王,曹植;植以太和六年封为陈王,其所作《名都篇》有曰:"归来宴平乐,美酒斗十千。"李善注:"平乐,观名。"
② 五花马,谓马之毛色作五花纹者。《史记·孟尝君列传》:"孟尝君有一狐白裘,值千金,天下无双。"

行行且游猎篇①

　　边城儿生年，不读一字书，但将游猎夸轻趫②。胡马秋肥宜白草③，骑来蹑影④何矜骄。金鞭拂雪挥鸣鞘⑤，半酣呼鹰出远郊。弓弯满月⑥不虚发，双鸧⑦迸落连飞髇⑧。

---

① 《行行且游猎篇》，即乐府征戍十五曲中之校猎曲。本咏天下游猎事，此咏边城儿游猎，为不同耳。
② 趫，qiáo，捷。
③ 白草，似莠而细，无芒，其干熟时，正白色，牛马所嗜。
④ 蹑，疾行；影，日影。
⑤ 鞘，鞭鞘。
⑥ 满月，弯弓圆满之状。
⑦ 鸧，cāng，鸧鸡，俗名灰鹤。
⑧ 髇，xiāo，鸣镝。

海边观者皆辟易^①,猛气英风振沙碛^②。儒生不及游侠人,白首下帷复何益^③?

---

① 见30页注②。
② 沙碛,沙漠。碛,大漠。
③ 《汉书·董仲舒传》:"董仲舒……为博士。下帷讲诵,弟子……或莫见其面。"

飞龙引二首①

其一

黄帝铸鼎于荆山②,炼丹砂。丹砂成黄金③,骑龙飞上太清④家,云愁海思令人嗟。

宫中彩女⑤颜如花,飘然挥手凌紫霞:从风纵

---

① 《飞龙引》为古乐府鱼龙六曲之一。此二篇皆借黄帝上升事为言,乃游仙诗也。
② 《史记·封禅书》:"黄帝采首山铜,铸鼎于荆山下。鼎既成,有龙垂胡髯下迎黄帝。黄帝上骑,群臣后宫从上者七十余人。……故后世因名其处曰鼎湖。"首山在今河南襄城县东南;荆山在今河南灵宝市阌乡南三十五里。
③ 汉方士李少君言曰:"丹砂可化为黄金。"
④ 太清,天空。
⑤ 彩女,即采女,宫女之称。

体^①登鸾车。

登鸾车,侍轩辕^②;遨游青天中,其乐不可言。

其二

鼎湖^③流水清且闲,轩辕去时有弓剑^④,古人传道留其间。

后宫婵娟^⑤多花颜,乘鸾飞烟亦不还;骑龙攀天造天关。

造天关,闻天语,屯云河车载玉女^⑥。

载玉女,过紫皇^⑦,紫皇乃赐白兔所捣之药方^⑧。

---

① 纵体,轻举之貌。
② 黄帝姓公孙,名轩辕。
③ 见49页注②。
④ 《史记·封禅书》:"黄帝上骑,……龙乃上去。余小臣不得上,乃悉持龙髯。龙髯拔,堕黄帝之弓。"郦道元《水经注·河水三》:"黄帝崩,惟弓剑存焉。"
⑤ 婵娟,美女。
⑥ 玉女,好女:谓其美如玉;仙传多称侍女为玉女。
⑦ 《太平御览》卷六百五十九引《秘要经》曰:"太清九宫皆有僚属。其最高者称天皇、紫皇、玉皇。"
⑧ 古代神话谓月中有白兔长跪捣药。

飞龙引二首

后天而老①凋三光②。下视瑶池见王母,蛾眉萧飒如秋霜③。

---

① 《拾遗记》:"西王母谓汉武帝曰:'太上之药,服之得道,后天而老。'"
② 三光,日、月、星。凋三光者,言三光有时凋落,而真身则常存。
③ 司马相如《大人赋》:"吾乃今日睹西王母,皓然白首。"所谓蛾眉萧飒如秋霜,即白首之意。嫌王母已有衰老之容,以反明轩辕之后天而老。

行路难三首①

其一

金樽清酒斗十千②,玉盘珍羞直万钱③。停杯投箸不能食,拔剑四顾心茫然。欲渡黄河冰塞川,将登太行④雪满山⑤。闲来垂钓碧溪上,忽复乘舟梦日边⑥。

行路难,行路难!多岐路⑦,今安在?长风破浪

---

① 《行路难》为古乐府道路六曲之一,备言世路艰难及离别伤悲之意。
② 曹植《名都篇》:"美酒斗十千。"
③ 《北史·韩轨传》:"韩晋明……一席之费,动至万钱。"
④ 今地理学家以汾河以东,碣石以西,长城黄河之间诸山为太行山脉。
⑤ 鲍照《舞鹤赋》:"冰塞长川,雪满群山。"
⑥ 日边,喻君侧。《宋书·符瑞志上》:"伊挚将应汤命,梦乘船过日月之傍。"
⑦ 《列子·说符》:"杨子之邻人亡羊,既率其党,又请杨子之竖追之。杨子曰:嘻!亡一羊,何追者之众?邻人曰:多歧路。"

会有时①，直挂云帆济沧海。

其二

大道如青天，我独不得出。羞逐长安社中儿②，赤鸡白狗赌梨栗。弹剑作歌奏苦声③，曳裾王门不称情④。淮阴市井笑韩信⑤，汉朝公卿忌贾生⑥。

君不见，昔时燕家重郭隗⑦，拥篲折节无嫌猜⑧。剧辛乐毅感恩分⑨，输肝剖胆效英才。昭王白骨萦蔓

---

① 《宋书·宋悫传》："宗悫……愿乘长风破万里浪。"
② 长安，唐之京都，今为陕西省会西安市。二十五家为一社。
③ 《史记·孟尝君列传》："蒯緱弹其剑而歌曰：长铗归来乎！食无鱼！"
④ 《汉书·邹阳传》："邹阳曰：饰固陋之心，则何王之门不可曳长裾乎？"
⑤ 《史记·淮阴侯列传》："韩信，淮阴人。……屠中少年有侮信者。……信孰视之俯出胯下蒲伏。一市人皆笑信以为怯。"
⑥ 贾生，贾谊。《史记·贾生传》："天子议以为贾生任公卿之位。绛、灌、东阳侯、冯敬之属尽害之，乃短贾生。"
⑦ 《史记·燕召公世家》："燕昭王……即位，卑身厚币以招贤者。……郭隗曰：'王必欲致士，先从隗始。'……于是昭王为隗改筑宫而师事之。乐毅自魏往，……剧辛自赵往。"
⑧ 《史记·孟子荀卿列传》："（驺衍）如燕，燕昭王拥篲先驱。"篲，huì，帚。为之扫地，以衣袂拥帚而却行，恐尘埃之及其长者，所以为敬也。折节，屈折肢节，亦敬之意。
⑨ 见本页注⑦。

草，谁人更扫黄金台[①]？

行路难，归去来！

其三

有耳莫洗颍川水[②]，有口莫食首阳蕨[③]。含光混世贵无名，何用孤高比云月？

吾观自古贤达人，功成不退皆殒身。子胥既弃吴江上[④]，屈原终投湘水滨[⑤]。

---

① 黄金台在易水（出今河北易县）东南十八里。燕昭王置千金于台上，以延天下之士。
② 皇甫谧《高士传》："许由耕于中岳颍水（出今河南登封市西境颍谷）之阳，箕山之下。尧召为九州长，由不欲，闻之，洗耳于颍水滨。"
③ 《史记·伯夷列传》："伯夷叔齐……不食周粟，隐于首阳山，采薇而食之。"司马贞《索隐》："薇，蕨也。"首阳山在今山西永济市南。
④ 赵晔《吴越春秋》卷三："吴王闻子胥之怨恨也，乃使人赐属镂之剑。子胥受剑徒跣，褰裳下堂，中庭仰天呼怨曰……遂伏剑而死。吴王乃取子胥尸，盛以鸱夷之器，投之于江中。"吴江，即今之吴淞江。
⑤ 屈原以忠见斥，于五月五日自投于汨罗而死。汨罗江为二水合流之名，在今湖南湘阴县，西流入湘水。

行路难三首

陆机雄才岂自保[①]？李斯税驾苦不早[②]。华亭鹤唳讵可闻[③]？上蔡苍鹰何足道[④]？

君不见，吴中张翰称达生，秋风忽忆江东行。且乐生前一杯酒，何须身后千载名？[⑤]

---

① 《晋书·陆机传》："陆机，字士衡，吴郡人也。……初，（成都王）颖与河间王颙起兵讨长沙王乂，假机后将军、河北大都督，督北中郎将王粹、冠军牵秀等诸军二十余万人，……长沙王乂，奉天子与机战于鹿苑，机军大败。……叹曰：'华亭鹤唳岂可复闻乎？'遂遇害于军中，时年四十三。"
② 李斯事见30页注⑦。税驾，犹解驾，言休息。
③ 华亭，即今上海市松江区西之平原村，陆机故宅在其侧。唳，鹤鸣。裴启《语林》："机为河北都督，闻警角之声，谓孙丞曰：'闻此不如华亭鹤唳。'故临刑有此叹。"参看本页注①。
④ 《太平御览》卷九百二十六引《史记》曰："李斯临刑，思牵黄犬臂苍鹰出上蔡（今河南上蔡县）东门不可得矣。"考今本《史记·李斯列传》中无"臂苍鹰"字，而太白诗中屡用其事，当另有所本。
⑤ 《晋书·文苑·张翰传》："张翰，字季鹰，吴郡吴人也。有清才，善属文，而纵任不拘。齐王冏辟为大司马东曹掾。冏时执权。翰因见秋风起，乃思吴中菰菜、莼羹、鲈鱼脍，曰：'人生贵得适志，何能羁宦数千里以要名爵乎！'遂命驾而归。俄而冏败。人皆谓之见机。翰任心自适，不求当世。或谓之曰：'卿乃可纵适一时，独不为身后名耶？'答曰：'使我有身后名，不如即时一杯酒。'时人贵其旷达。"

长相思①

　　长相思,在长安。络纬秋啼金井阑②,微霜凄凄簟③色寒。孤灯不明思欲绝,卷帷望月空长叹。
　　美人如花隔云端,上有青冥之高天,下有渌水④之波澜。天长路远魂飞苦,梦魂不到关山难。
　　长相思,摧心肝!

---

① 《长相思》为乐府怨思二十五曲之一。本汉人诗中语,六朝始以名篇。
② 络纬,虫名,似蚱蜢而大,俗谓之纺绩娘。金井阑,井上阑干。古乐府多有玉床金井之辞,盖言其木石美丽,价值金玉云耳。
③ 簟,席。
④ 渌水,清水。

前有樽酒行二首①

其一

春风东来忽相过,金樽渌酒②生微波。落花纷纷稍觉多,美人欲醉朱颜酡③。

青轩桃李能几何?流光欺人忽蹉跎④。

君起舞,日西夕;当年意气不肯倾,白发如丝叹何益?

---

① 《前有樽酒行》,即乐府觞酌七曲之《前有一樽酒》。本言置酒以祝宾长寿之意。太白此篇,则变而为当及时行乐之辞。
② 渌酒,清酒。
③ 酡,饮而赭色着面。
④ 流光,日月之光;蹉跎,失时。

其二

琴奏龙门之绿桐①,玉壶美酒清若空。催弦拂柱与君饮,看朱成碧②颜始红。胡姬貌如花,当垆笑春风。③

笑春风,舞罗衣,君今不醉欲安归?

---

① 龙门,山名。枚乘《七发》:"龙门之桐高百尺而无枝……使琴挚斫斩以为琴。"
② 看朱成碧,谓心乱目眩,不辨五色。王僧孺《夜愁》诗:"谁知心眼乱,看朱忽成碧。"
③ 古乐府《羽林郎》:"胡姬年十五,春日独当垆。"《汉书·司马相如传上》颜师古云:"卖酒之处累土为垆以居酒瓮,四边隆起,其一面高,形如锻垆,故名垆耳。"

胡无人①

严风②吹霜海草凋,筋干精坚胡马骄③。汉家战士三十万④,将军兼领霍嫖姚⑤。

流星白羽腰间插⑥,剑花秋莲光出匣⑦。天兵照雪

---

① 《胡无人》为乐府相和歌瑟调三十八曲之一。
② 严风,冬风。
③ 筋干,弓。《周礼·考工记·弓人》:"凡为弓,冬折干而春液角,夏治筋,秋合三材。"骄,马壮貌。
④ 《汉书·五行志中》:"(武帝元光)二年,遣五将军三十万众伏马邑下,欲袭单于。单于觉之而去。"
⑤ 《汉书·霍去病传》:"(霍去病)受诏,予壮士,为嫖姚校尉。"嫖姚,piāo yáo,劲疾之貌。
⑥ 流星,疾;白羽,羽箭。
⑦ 言剑光如秋莲之明。《初学记》卷二十二《武部·剑》引《吴越春秋》:"秦客薛烛善相剑。越王取豪曹、巨阙、鱼肠等示之,薛烛皆曰非宝剑也。取纯钩示,薛烛曰:光乎如屈阳之华,沉沉如芙蓉始生于湖。"芙蓉,即莲。

下玉关①,虏箭如沙射金甲。

云龙风虎尽交回②,太白入月敌可摧③。

敌可摧,旄头④灭。履胡之肠涉胡血。悬胡青天上,埋胡紫塞⑤旁。

胡无人,汉道昌。陛下之寿三千霜⑥。但歌大风云飞扬,安用猛士兮守四方?⑦

---

① 天兵,言兵威之盛如天。玉关,即玉门关,在今甘肃敦煌市西一百五十里阳关之西北。霍去病破走月支,开玉门关。
② 云龙风虎,皆阵名。
③ 太白,星名。此句之意,言当太白星入月之时,则敌可破矣。
④ 旄头,胡星。此星动摇若跳跃,则胡兵大起。
⑤ 崔豹《古今注·都邑》:"秦筑长城,土色皆紫。汉塞亦然,故称紫塞焉。"
⑥ 三千霜,犹言三千秋。
⑦ 汉高祖《大风歌》:"大风起兮云飞扬,威加海内兮归故乡,安得猛士兮守四方!"

侠客行①

赵客缦胡缨②,吴钩③霜雪明。银鞍照白马,飒沓④如流星。十步杀一人,千里不留行。⑤事了拂衣去,深藏身与名。闲过信陵饮⑥,脱剑膝前横。将

① 《侠客行》为乐府侠游二十五曲之一。
② 缦胡缨,谓粗缨无文理者。《庄子·说剑》:"赵太子曰:'吾王所见剑士,皆蓬头突鬓,垂冠曼胡之缨。'"
③ 沈括《梦溪笔谈·器用》:"吴钩,刀名也,刃弯,今南蛮用之,谓之葛党刀。"
④ 飒沓,众盛貌。
⑤ 《庄子·说剑》:"臣之剑十步一人,千里不留行。"
⑥ 魏公子无忌封信陵君。魏有隐士曰:侯嬴,为大梁夷门监者。公子置酒,延之上坐。侯生为公子言屠者朱亥贤。公子数往请之,朱亥故不谢。秦进兵围赵邯郸,魏王使将军晋鄙将十万众救赵。秦王使使告魏王,谓已拔赵必移兵攻魏。魏王恐,使人止晋鄙。公子从侯生谋,窃兵符,使朱亥矫魏王令代晋鄙。晋鄙合符,疑之,欲不听。朱亥袖四十斤铁椎椎杀之。公子遂将晋鄙军,进兵击秦军,秦军解去,遂救邯郸,存赵。(详见《史记·信陵君列传》)

炙①啖朱亥，持觞劝侯嬴。三杯吐然诺，五岳倒为轻。眼花耳热后，意气素霓②生。救赵挥金槌，邯郸先震惊。千秋二壮士，烜赫③大梁城。纵死侠骨④香，不惭世上英⑤。谁能书阁下，白首《太玄经》?⑥

---

① 将，奉。炙，炙熟之肉。
② 张华《壮士篇》："慷慨成素霓。"此言意气之盛如白霓之光。
③ 烜赫，有威仪貌。
④ 张华《游侠曲》："死闻侠骨香。"
⑤ 言不虚生。李密《淮阳感怀》："寄言世上雄，虚生真可愧。"
⑥ 汉扬雄著《太玄经》，又尝校书天禄阁。

关山月①

明月出天山②,苍茫云海间③。长风几万里,吹度玉门关④。汉下白登道⑤,胡窥青海湾⑥。由来征战地,不见有人还。

戍客望边色,思归多苦颜。高楼当此夜,叹息未应闲。

---

① 《关山月》,伤离别,为乐府鼓角横吹十五曲之一。
② 天山,见43页注⑤。月出于东而天山在西。今言明月出天山,盖自征夫而言。已过天山之西而回首东望,则俨然见明月出于天山之外。
③ 云海,谓云气苍茫如海。
④ 见60页注①。
⑤ 白登,山名,在今山西大同市城东,汉高祖为匈奴冒顿围困于此。
⑥ 青海,大湖名,在今青海之东北。唐哥舒翰筑城于此,后为吐蕃所破。

于阗采花①

于阗②采花人,自言花相似。明妃③一朝西入胡,胡中美女多羞死。乃知汉地多名姝,胡中无花可方比。

丹青能令丑者妍④,无盐⑤翻在深宫里。自古妒蛾眉,胡沙埋皓齿。⑥

---

① 《于阗采花》,陈、隋时曲名,本辞云:"山川虽异所,草木尚同春;亦如溱洧地,自有采花人。"
② 于阗,汉时西域国名,今新疆和田一带。
③ 明妃,即王昭君,汉元帝妃。元帝后宫既多,不得常见,乃使画工图其形,按图召幸之。昭君不肯赂画工,遂不得见。后匈奴入朝求美人为阏氏,上按图以昭君行。及去,召见,貌为后宫第一,悔之。而名籍已定,重失信于外国,故不复更。
④ 见上注。明妃事本是画工丑图其形,以致不得召见;今言能令丑者妍,盖用事之变化。
⑤ 齐有妇人,极丑无双,号曰无盐,寻常以无盐泛言丑妇。
⑥ 蛾眉,谓眉细而长曲,如蚕蛾之触须;皓齿,白齿。并为美人之代词。

王昭君二首①

其一

汉家秦地月,流影照明妃②。一上玉关道③,天涯去不归。

汉月还从东海出,明妃西嫁无来日。燕支④长寒雪作花,蛾眉憔悴没胡沙。生乏黄金枉图画,死留青冢⑤使人嗟。

---

① 乐府相和歌吟叹四曲,其二曰《王明君》。"王明君"即王昭君。
② 见本页注①。
③ 见60页注①。
④ 燕支,山名,在今甘肃张掖市境。
⑤ 《一统志》:"王昭君墓在古丰州(今内蒙古呼和浩特市)西六十里,地多白草,此冢独青,故曰青冢。"

其二

昭君拂玉鞍,上马啼红颊。今日汉宫人,明朝胡地妾。

久别离①

别来几春未还家,玉窗五见樱桃花。况有锦字书②,开缄使人嗟。

此肠断,彼心绝。云鬟绿鬓罢梳结,愁如回飙③乱白雪。

去年寄书报阳台④,今年寄书重相催。东风兮东风!为我吹行云使西来。待来竟不来,落花寂寂委青苔。

---

① 《久别离》,乐府别离十九曲之一。江淹拟古始有《古别离》,后人乃有《长别离》《生别离》《久别离》《远别离》等名,皆出于《古别离》。
② 前秦时窦滔妻苏氏,织锦作回文寄其夫。锦字书,本此。
③ 飙,biāo,大风。
④ 阳台,山名,指所怀者所在处。宋玉《高唐赋》:"楚襄王游云梦之泽,梦神女曰:'妾在巫山之阳,高丘之阻,朝朝暮暮,阳台之下。'"

采莲曲[①]

　　若耶溪[②]傍采莲女，笑隔荷花共人语。日照新妆水底明，风飘香袂空中举。

　　岸上谁家游冶郎，三三五五映垂杨。紫骝[③]嘶入落花去，见此踟蹰空断肠。

---

① 智匠《古今乐录》草木二十四曲有《采莲曲》，起梁武帝父子，后人多拟之。
② 若耶溪在今浙江绍兴市南，即西施浣纱处。
③ 马赤身黑鬣曰骝。

白头吟①

锦水②东流碧,波荡双鸳鸯。雄巢汉宫树,雌弄秦草芳。

相如去蜀谒武帝,赤车驷马生辉光。一朝再览《大人》作,万乘忽欲凌云翔。③闻道阿娇失恩宠,千金买赋要君王。④

相如不忆贫贱日,官高金多⑤聘私室。茂陵姝

---

① 司马相如将聘茂陵人女为妾,卓文君作《白头吟》以自绝。相如乃止。
② 锦水流经成都南,蜀人以此水濯锦鲜明,故名。
③ 司马相如作《大人赋》,为武帝奏之,天子大悦,飘飘有凌云之气。
④ 阿娇,武帝陈皇后之小字。后时得幸,颇妒,别在长门宫,愁闷悲思。闻相如工为文,奉黄金百斤,请为解悲愁之词。相如作《长门赋》以悟主上,后复得亲幸。
⑤ 《史记·苏秦列传》:"……见季子位高金多也。"

子皆见求，文君欢爱从此毕。

泪如双泉水，行堕紫罗襟。五起①鸡三唱，清晨《白头吟》。长吁不整绿云鬓，仰诉青天哀怨深。城崩杞梁妻②，谁道土无心？东流不作西归水，落花辞枝羞故林。

头上玉燕钗③，是妾嫁时物。赠君表相思，罗袖幸时拂。莫卷龙须席④，从他生网丝。且留琥珀枕，还有梦来时。鹔鹴裘在锦屏上，自君一挂无由披。⑤

妾有秦楼镜，照心胜照井。⑥愿持照新人，双对可怜影。

---

① 《尸子》卷下"孝己一夕五起"。寝不安席之意。
② 杞梁之妻向城而哭，城为之崩。
③ 汉武帝元鼎元年，起招灵阁，有神女留一玉钗与帝，后化白燕飞去。自是宫人作钗，因名玉燕钗。
④ 龙须席以龙须草织成。
⑤ 葛洪《西京杂记》卷二："司马相如初与卓文君还成都，居贫愁懑，以所着鹔鹴裘就市人阳昌贳酒，与文君为欢。"鹔鹴，sù shuāng，或作"鹔鹴"，水鸟名。长胫绿色，其形似雁。
⑥ 葛洪《西京杂记》卷三："昭华之琯有方镜。……女子有邪心，（照之）则胆张心动。秦始皇常以照宫人，胆张心动者则杀之。"秦楼镜，即指此。

白头吟

覆水却收不满杯,相如还谢文君回。古来得意不相负,只今唯有青陵台①。

---

① 李冗《独异志》卷中引干宝《搜神记》:"宋康王以韩朋妻美而夺之。使朋筑青陵台,然后杀之。其妻请临丧,遂投身而死。王命分埋台左右,期年各生一梓树。及大,树枝条相交,有二鸟哀鸣其上,因号之曰相思树。"台在今河南封丘县境。

司马将军歌①

狂风吹古月,窃弄章华台②。北落③明星动光彩,南征猛将如云雷④。手中电曳倚天剑⑤,直斩长鲸⑥海水开。

我见楼船⑦壮心目,颇似龙骧下三蜀⑧。扬兵习

---

① 原注:"代陇上健儿陈安。"崔鸿《十六国春秋》卷十:"陈安善于抚绥,吉凶夷险,与众共之。及其死,陇上人思之,为作壮士之歌。"
② 章华台,春秋时楚灵王所造,在今湖北潜江市境。王琦说:《通鉴》乾元二年九月,襄州乱将张延嘉袭破荆州,据之。此诗当是是时所作。故有此两句。
③ 北落,星名,主非常,以候兵。
④ 李陵《答苏武书》:"猛将如云",喻将之多。
⑤ 宋玉《大言赋》:"长剑耿耿倚天外",侈言剑之长。
⑥ 梁元帝《玄览赋》:"斩横海之长鲸。"
⑦ 楼船,船上建楼三重,状如城垒,水军用之。
⑧ 龙骧将军,王濬。晋武帝谋伐吴,诏濬造舟舰。濬自蜀发,兵不血刃,攻下夏口、武昌诸邑,顺流鼓棹,径造三山。三蜀,谓蜀郡、广汉、犍为。

司马将军歌

战张虎旗,江中白浪如银屋。

身居玉帐临河魁①,紫髯若戟冠崔嵬②。细柳开营揖天子,始知灞上为婴孩。③

羌笛横吹《阿鞲回》④,向月楼中吹《落梅》⑤。将军自起舞长剑,壮士呼声动九垓⑥。功成献凯⑦见明主,丹青画像麒麟台⑧。

---

① 张淏《云谷杂记》:"《艺文志》有《玉帐经》一卷,乃兵家压胜之方位。谓主将于其方置军帐,则坚不可犯,犹玉帐然。其法……以月前三位取之;如正月建寅,则巳为玉帐,主将宜居。……戌为河魁,谓主将之帐宜在戌也。"
② 崔嵬,高貌。
③ 汉文帝时,以刘礼为将军,军灞上;徐厉为将军,军棘门;周亚夫为将军,军细柳,以备胡。上自劳军。至灞上及棘门军,直驰入,将以下骑送迎。至细柳军,不得入。乃使使持节诏将军:"吾欲入劳军。"亚夫乃传言开壁门。至营,亚夫持兵揖曰:"介胄之士不拜,请以军礼见。"既出,群臣皆惊。文帝曰:"此真将军矣。曩者,灞上及棘门军,若儿戏耳。……"(详见《史记·绛侯周勃世家》)
④ 羌笛,五孔,出于羌中。《阿鞲回》,番曲名。鞲,duǒ。
⑤ 《落梅》,曲名,即《梅花落》。《古今乐录》鼓角横吹十五曲内有《梅花落》。
⑥ 九垓,天。垓,gāi,重。天有九重,故云九垓。
⑦ 凯,献功之乐。
⑧ 汉甘露三年,单于始入朝,上(宣帝)思股肱之美,乃图画其人于麒麟阁,署其官爵姓名。阁为武帝获麒麟时所作,图画其像于阁,故以为名。

长干行①

妾发初覆额,折花门前剧②。郎骑竹马来,绕床弄青梅。同居长干里,两小无嫌猜。

十四为君妇,羞颜未尝开。低头向暗壁,千唤不一回。

十五始展眉,愿同尘与灰③。常存抱柱信④,岂上望夫台⑤?

---

① 《乐府遗声》都邑三十四曲中有《长干行》。长干,地名,在今江苏南京市江宁区。
② 剧,戏。
③ 尘与灰,喻和合不分。
④ 《庄子·盗跖》:"尾生与女子期于梁下,女子不来,水至不去,抱梁柱而死。"
⑤ 望夫台,在今重庆忠县南十里。岂上望夫台者,言未分离,故无须上望夫台。

长干行

十六君远行,瞿塘滟滪堆①。五月不可触②,猿声天上哀③。门前旧行迹,一一生绿苔。

苔深不能扫,落叶秋风早。八月蝴蝶来,双飞西园草。感此伤妾心,坐愁红颜老。

早晚下三巴④,预将书报家。相迎不道远,直至长风沙⑤。

---

① 瞿塘,峡名,在夔州(今重庆奉节县)东十三里,滟滪堆正当其口。滟滪,yàn yù。
② 言五月水涨时不可行船。《古乐府》:"滟滪大如襆,瞿塘不可触。"
③ 盛弘之《荆州记》渔者歌曰:"巴东三峡巫峡长,猿鸣三声泪沾裳。"
④ 三巴,谓巴郡(今重庆巴南区)、巴东(今重庆奉节县)、巴西(今重庆合川区)。
⑤ 长风沙,在今安徽怀宁县东一百九十里。自江宁至长风沙七百里,而往迎其夫,甚言其远。

古朗月行①

　　小时不识月,呼作白玉盘。又疑瑶台镜,飞在青云端。仙人垂两足,桂树何团圆!② 白兔捣药成③,问言与谁餐?

　　蟾蜍蚀圆影④,大明⑤夜已残。羿昔落九乌⑥,天

---

① 汪汲《乐府遗声》时景二十五曲中有《朗月行》。鲍照有《朗月行》,疑始于照。
② 虞喜安《天论》曰:"俗传月中仙人桂树,今视其初生,见仙人之足,渐已成形,桂树后生。"
③ 傅玄《拟天问》:"月中何有?白兔捣药。"
④ 《淮南子·精神训》:"月中有蟾蜍。"高诱注:"蟾蜍,蛤蟆。"又《说林训》:"月照天下,蚀于詹诸。"詹诸,即蟾蜍。
⑤ 大明,月。
⑥ 尧时十日并出,草木焦枯,尧令羿仰射十日,中其九日,日中九乌皆死。(《淮南子·本经训》)

古朗月行

人清且安。阴精①此沦惑,去去不足观。忧来其如何?恻怆摧心肝。

---

① 张衡《灵宪》:"月者,阴精之宗。"

白纻辞三首①

其一

扬清歌,发皓齿,北方佳人东邻子②。且吟《白纻》停《绿水》③,长袖拂面为君起④。

寒云夜卷霜海空,胡风吹天飘塞鸿,玉颜满堂乐未终。

其二

馆娃⑤日落歌吹深,月寒江清夜沉沉。美人一

---

① 《白纻辞》,古乐府,盛称舞者之美,言宜及芳时行乐。
② 司马相如《美人赋》:"臣之东邻,有一女子,云发丰艳,蛾眉皓齿。"
③ 《绿水》,舞曲。
④ 沈约《白纻辞》:"长袖拂面为君施。"
⑤ 馆娃,宫名,左思《吴都赋》注引扬雄《方言》:"吴有馆娃宫。"

笑千黄金,垂罗舞縠①扬哀音。郢中《白雪》②且莫吟,《子夜吴歌》③动君心。

动君心,冀君赏,愿作天池双鸳鸯,一朝飞去青云上。

其三

吴刀剪彩缝舞衣,明妆丽服夺春辉。扬眉转袖若雪飞,倾城独立④世所稀。《激楚》《结风》⑤醉忘归,高堂月落烛已微,玉钗挂缨君莫违⑥。

---

① 縠,hú,绢。
② 刘向《新序》卷二:"客有歌于郢中,……为《阳春》《白雪》,国中属而和者数十人。"郢,楚都,今在湖北江陵县境。
③ 智匠《古今乐录》:"清商曲《子夜》,亦曰《子夜吴声四时歌》,亦曰《子夜吴歌》。晋有女子作是歌,甚哀。"
④ 李延年歌:"北方有佳人,绝世而独立,一顾倾人城,再顾倾人国。"
⑤ 《激楚》《结风》,皆曲名。
⑥ 江总《和衡阳殿下高楼看妓》:"挂缨银烛下,莫笑玉钗长。"本司马相如《美人赋》"玉钗挂臣冠"句。言钗挂冠缨,男女首相偎傍之意。

幽州胡马客歌①

幽州胡马客,绿眼虎皮冠。笑拂两只箭,万人不可干。弯弓若转月,白雁落云端。双双掉鞭行,游猎向楼兰②。出门不顾后,报国死何难?

天骄五单于③,狼戾④好凶残。牛马散北海⑤,割

---

① 《乐府诗集》梁鼓角横吹曲有《幽州马客吟》,即此,叙边塞逐虏之事。
② 楼兰,汉西域国名,后没于沙漠。今新疆若羌县有罗布旧城,为沙所掩,即其地。
③ 《汉书·匈奴传下》:"屠耆单于使日逐王先贤掸兄右奥鞬王为乌藉都尉,各二万骑屯东方,以备呼韩邪单于。是时,西方呼揭王来与唯犁当户谋,共谗右贤王,言欲自立为乌藉单于。屠耆单于杀右贤王父子,后知其冤,复杀唯犁当户。于是呼揭王恐,遂畔(叛)去,自立为呼揭单于,右奥鞬王闻之,即自立为车犁单于,乌藉都尉亦自立为乌藉单于,凡五单于。"
④ 狼戾,贪而戾。狼性贪戾,故曰狼戾。
⑤ 北海,匈奴中地名。

幽州胡马客歌

鲜①若虎餐。虽居燕支山②,不道朔雪寒。妇女马上笑,颜如赪玉盘。翻飞射鸟兽,花月醉雕鞍。旄头③四光芒,争战若蜂攒④。白刃洒赤血,流沙⑤为之丹。

名将古谁是?疲兵良可叹!何时天狼⑥灭,父子⑦得闲安?

---

① 鸟兽新杀曰鲜。
② 燕支山,见65页注④。
③ 旄头,见60页注④。
④ 蜂攒,谓如蜂之聚丛。
⑤ 流沙,沙漠之古称,泛指西北方之沙漠而言。
⑥ 天狼,星名,主侵掠。
⑦ 屠耆单于信谗,杀右贤王父子。于是呼揭王恐,畔(叛)去,自立为呼揭单于。

塞下曲六首①

其一

五月天山雪②,无花只有寒。笛中闻《折柳》③,春色未曾看。晓战随金鼓④,宵眠抱玉鞍。愿将腰下剑,直为斩楼兰⑤!

---

① 《乐府遗声》征戍十五曲中有《塞下曲》。《晋书·乐志》言《出塞曲》《入塞曲》李延年造,《塞上曲》《塞下曲》盖出于此。
② 言天山五月即降雪。参看43页注⑤。
③ 《折柳》,古曲名。
④ 金鼓,谓金属之鼓,乃一物。有引鼓以进军金以退军解者,非是。
⑤ 楼兰王为匈奴反间,数遮杀汉使。大将军霍光遣傅介子往刺之。王与介子饮,醉,壮士二人从后刺杀之,左右皆散走。介子告谕以王负汉罪:"天子遣我诛王。……汉兵方至,毋敢动,自令灭国矣。"遂斩王。(《汉书·西域传》)参看80页注②。

塞下曲六首

其二

天兵下北荒,胡马欲南饮。横戈从百战,直为衔恩甚。握雪海上餐①,拂沙陇头寝。何当破月氏②,然后方高枕。

其三

骏马如风飙③,鸣鞭出渭桥④。弯弓辞汉月,插羽⑤破天骄⑥。阵解星芒尽⑦,营空海雾消。功成画麟

---

① 《汉书·李广苏建传》:"(苏武使匈奴,)单于愈益欲降之。乃幽武,置大窖中,绝不饮食。天雨雪,武卧啮雪,与旃毛并咽之,数月不死,匈奴以为神,乃徙武北海上无人处。……武既至海上,廪食不至,掘野鼠去草实而食之。"
② 月氏,yuè zhī,古国名。其族先居甘肃西境,汉时为匈奴所破,西走阿姆河,臣服大夏,都于河北,曰大月氏。其不能去者,留居故地,为小月氏。
③ 飙,狂风。
④ 李泰《括地志》卷一:"渭桥,本名横桥,架渭水上,在雍州咸阳县(今陕西咸阳市)东南二十二里。"
⑤ 古时国有急事,则以鸟羽插檄书,示疾速。
⑥ 天骄,谓天之骄子,指胡人。《汉书·匈奴传》:"胡者,天之骄子也。"
⑦ 芒,星光。杨素《出塞》二首之一:"兵寝星芒落,战解月轮空。"

阁①，独有霍嫖姚②。

其四

白马黄金塞③，云砂绕梦思。那堪愁苦节，远忆边城儿！萤飞秋窗满，月度霜闺迟。摧残梧桐叶，萧飒沙棠枝④。无时独不见，泪流空自知。

其五

塞虏乘秋下⑤，天兵出汉家。将军分虎竹⑥，战士卧龙沙⑦。边月随弓影，胡霜拂剑花。玉关殊未入，少妇莫长嗟。⑧

---

① 见73页注⑧。
② 谓图形麒麟阁者止上将一人，不能遍及血战之士。
③ 黄金塞，边上地名，未详所在。
④ 沙棠，果名，状如棠，黄华赤实，其味似李，无核。
⑤ 《汉书·匈奴传》："匈奴至秋，马肥弓劲，则入塞。"
⑥ 虎、竹，皆兵符名，即铜虎符、竹使符。分者，谓各分其半，右留京师，左以与之。
⑦ 龙沙，谓白龙堆沙漠，在新疆天山南路。
⑧ 汉班超久在绝域，年老思土，上疏曰："臣不敢望到酒泉郡，但愿生入玉门关。"（《后汉书·班超传》）超妹亦上书。上感其言，召超还。

其六

烽火动沙漠,连照甘泉云①。汉皇按剑起,还召李将军②。兵气天上合,鼓声陇底③闻。横行负勇气,一战净妖氛。

---

① 见44页注②。
② 李将军,李广。《史记·李将军列传》:"匈奴入杀辽西太守,败韩将军。……于是天子(汉武帝)乃召拜广为右北平太守。……匈奴闻之,号曰汉之飞将军,避之。数岁不敢入右北平。"
③ 陇底,谓山陇之底,与上句"天上"相对,旧说作地名,非也。

玉阶怨[①]

玉阶生白露,夜久侵罗袜。却下水精帘[②],玲珑[③]望秋月。

---

① 《玉阶怨》为相和歌楚调十曲之一。太白此诗无一字言怨,而幽怨之意见于言外。
② 水精帘,以水晶为之,如今之琉璃帘。
③ 玲珑,明貌。

清平调词三首①

其一

云想衣裳花想容,春风拂槛露华浓。若非群玉山头见,会向瑶台月下逢。②

---

① 开元中,禁中重木芍药,即今牡丹也。得数本,红、紫、浅红、通白者。上因移植于兴庆池东沉香亭前。会花方繁开,上乘照夜车,妃以步辇从。诏选梨园弟子中尤者,得一十六色。李龟年以歌擅一时之名,手捧檀板,押众乐前,将欲歌之。上曰:"赏名花,对妃子,焉用旧乐词为?"遽命龟年持金花笺宣赐翰林学士李白,立进《清平乐》词三章。白承诏,宿醉未解,因援笔赋之。龟年捧词进,上命梨园弟子略约词调抚丝竹,遂促龟年以歌之。太真妃持颇梨七宝杯,酌西凉州蒲桃酒,笑领歌词,意甚厚。上因调玉笛以倚曲,每曲遍将换,则迟其声以媚之。妃饮罢,敛绣巾再拜。上自是顾李翰林尤异于诸学士。(乐史《杨太真外传》)
② 《山海经·西山经》:"玉山是西王母所居也",《穆天子传》卷二谓之群玉之山。《楚辞·离骚》:"望瑶台之偃蹇兮,见有娀之佚女。"王逸注:"有娀,国名;佚,美也:谓帝喾之妃契母简狄也。"此处盖以西王母帝喾妃比太真。

其二

一枝红艳露凝香,云雨巫山①枉断肠。借问汉宫谁得似?可怜飞燕②倚新妆!

其三

名花倾国③两相欢,长得君王带笑看。解释春风无限恨,沉香亭④北倚阑干。

---

① 宋玉《高唐赋》:"昔者先王尝游高唐,怠而昼寝,梦见一妇人,曰:'妾巫山之女也,为高唐之客。闻君游高唐,愿荐枕席。'王因幸之。去而辞曰:'妾在巫山之阳,高丘之岨,且为朝云,暮为行雨。'"
② 飞燕,赵氏,汉成帝宫人,以体轻号曰飞燕,后立为后。
③ 名花,即牡丹;倾国,指妃子。
④ 沉香亭,以沉香为之,如柏梁台以香柏为之。

短歌行①

白日何短短！百年苦易满！

苍穹浩茫茫，万劫②太极长③。麻姑④垂两鬓，一半已成霜。天公见玉女，大笑亿千场⑤。

吾欲揽六龙，回车挂扶桑。⑥北斗酌美酒，劝龙各一觞："富贵非所愿，为人驻颓光。"

---

① 《短歌行》乃乐府相和歌平调七曲之一，言当及时行乐。
② 劫者，纪时之名，犹年号。
③ 太极，天地始形之时。
④ 麻姑，古之女仙；世以麻姑祝女寿，言其长生不老。
⑤ 见38页注③。
⑥ 六龙，见35页注③。扶桑，神木名，古谓为日出处。刘向《九叹·远游》："维六龙于扶桑。"言不令日西夕。

空城雀①

嗷嗷②空城雀,身计何戚促!本与鷦鷯③群,不随凤凰族。提携四黄口④,饮乳未尝足。食君糠粃余,常恐乌鸢逐。耻涉太行险⑤,羞营覆车粟⑥。天命有定端,守分绝所欲。

---

① 《空城雀》为乐府鸟兽二十一曲之一,不知所始。太白此诗,假雀以喻孤介之士安于命义,幸得禄仕以自养,苟避谗妒之患足矣,不肯依附权势,逾分贪求。
② 嗷嗷,众口愁声。
③ 鷦鷯,jiāo liáo,鸟名,似黄雀而小。
④ 黄口,雏雀。《孔子家语》卷四《六本》:"孔子见罗雀者,所得皆黄口小雀。"
⑤ 太行,见52页注④。欧阳建《临终诗》:"不涉太行险,谁知斯路难?"
⑥ 覆车粟,谓因车覆落地之粟,喻分外之物。"杨宣为河内太守,行县,有群雀鸣桑树上。宣谓吏曰:'前有覆车粟,此雀相随欲往食之。'行数里,果如其言。"(《艺文类聚》卷九十二引陈寿《益部耆旧传》)

陌上桑①

美女渭桥东②,春还事蚕作③。五马④如飞龙,青丝结金络⑤。不知谁家子,调笑来相谑。

妾本秦罗敷,玉颜艳名都。绿条映素手,采桑向城隅⑥。使君⑦且不顾,况复论秋胡⑧?

---

① 《陌上桑》为乐府相和歌十五曲之一。旧说:邯郸女子姓秦名罗敷,为邑人千乘王仁妻。仁后为赵王家令。罗敷出采桑陌上,赵王登台见而悦之,置酒欲夺焉。罗敷善弹筝,作《陌上桑》以自明不从。
② 见83页注④。
③ 鲍照《采桑》:"季春梅始落,工女事蚕作。"
④ 汉时朝臣出使以驷马,太守加一马,故为五马。
⑤ 古乐府《罗敷行》:"青丝系马尾,黄金络马头。"
⑥ 古乐府《罗敷行》:"罗敷善采桑,采桑城南隅。"参看本页注①。
⑦ 使君,汉代称呼太守或刺史。
⑧ 鲁人秋胡,娶妻三月而游宦,三年休,还家。其妇采桑于郊。胡至郊而不识其妻也,见而悦之,乃遗黄金一镒。妻曰:"妾有夫游宦不返,幽闺独处,三年于兹,未有被辱于今日也。"采不顾,胡惭而退。(《西京杂记》卷六)

李白诗

寒螀①爱碧草,鸣凤栖青梧。托心自有处,但怪旁人愚。徒令白日暮,高驾空踟蹰②。

---

① 寒螀,虫名,似蝉而小,青色。螀,jiāng。
② 踟蹰,chí chú,欲行不进之貌。谢朓《赠王主簿诗》二首之二:"余曲讵有几,高驾且踟蹰。"

相逢行①

朝骑五花马②,谒帝出银台③。秀色谁家子,云车珠箔④开。金鞭遥指点,玉勒近迟回⑤。夹毂⑥相借问,疑从天上来。邀入青绮门⑦,当歌共衔杯。

衔杯映歌扇,似月云中见。相见不得亲,不如不相见。

---

① 《相逢行》乃乐府相和歌清调六曲之一。一曰《相逢狭路间行》,亦曰《长安有狭邪行》。
② 五花马,见46页注②。
③ 银台,宫门名。紫宸殿侧有右银台门,左银台门。
④ 珠箔,珠帘。
⑤ 勒,马头络衔;迟回,犹徘徊。
⑥ 古乐府《相逢行》:"夹毂问君家。"夹毂,犹言并毂。毂,车轮中心圆木。
⑦ 郦道元《水经注·渭水》:"长安东出第三门本名霸城门,民见门色青,又名青城门,或曰青绮门。"

相见情已深，未语可知心。胡为守空闺，孤眠愁锦衾？

锦衾与罗帷，缠绵会有时。春风正澹荡①，暮雨来何迟？

愿因三青鸟②，更报长相思。光景不待人，须臾发成丝。当年失行乐，老去徒伤悲③。持此道密意，无令旷佳期。

---

① 澹荡，谓清澹而微荡。陈子昂《与东方左史虬修竹篇》："春风正澹荡，白露已清泠。"
② 《山海经·大荒西经》："沃之野有三青鸟，赤首黑目，一名曰大鵹，一名曰少鵹，一名曰青鸟。"郭璞注："皆西王母所使也。"故有"青鸟使"之称。
③ 古乐府《长歌行》："老大徒伤悲。"

君马黄①

君马黄,我马白。马色虽不同,人心本无隔。

共作游冶盘②,双行洛阳陌。长剑既照曜,高冠何赩赫③。各有千金裘④,俱为五侯客⑤。

猛虎落陷阱,壮夫时屈厄。相知在急难,独好亦何益?

---

① 汉鼓吹铙歌十八曲有《君马黄》。
② 盘,乐。《书·五子之歌》:"乃盘游无度。"
③ 赩,xì。赩赫,赤色貌。
④ 千金裘,见46页注②。
⑤ 汉河平二年,成帝舅王谭、王逢时、王根、王立、王商,兄弟五人,同时封侯,世谓之"五侯"。五侯皆好士养贤,倾财施与,以相高尚。时谷永与齐人楼护俱为五侯上客。

拟古

　　融融①白玉辉,映我青蛾眉。宝镜似空水②,落花如风吹。出门望帝子,荡漾不可期。③安得黄鹤羽,一报佳人知!④

---

① 融融,明貌。
② 庾信《咏镜》:"光如一片水。"
③ 江淹《王征君微养疾》:"北渚有帝子,荡漾不可期。"帝子,舜之二女娥皇、女英;荡漾,言随波上下,不可与之结期。
④ 江淹《去故乡赋》:"愿使黄鹤兮报佳人。"

少年行①

五陵②年少金市东③,银鞍白马度春风。落花踏尽游何处,笑入胡姬酒肆中④。

---

① 《少年行》,《乐府诗集》入杂曲歌辞中。原集有二首,一五古,一七绝,兹取其后一首,亦作《小放歌行》。
② 长安五陵,谓长陵、安陵、阳陵、茂陵、平陵。
③ 陆机《洛阳记》:"洛阳旧有三市,一曰金市,在宫西大城内;二曰马市,在城东;三曰羊市,在城南。"
④ 见58页注③。

豫章行[①]

胡风吹代马[②],北拥鲁阳关[③]。吴兵照海雪,西讨何时还?

半渡上辽津[④],黄云惨无颜。老母与子别,呼天野草间。

白马绕旌旗,悲鸣相追攀。白杨秋月苦,早落豫章山。[⑤]

---

① 乐府相和歌清调六曲有《豫章行》。豫章,汉郡邑地名,今为江西南昌市。
② 代马,代地所产之马。唐代州,今山西忻州市代县。
③ 鲁阳关,在今河南平顶山市鲁山县西南,南阳市南召县东北。
④ 杜佑《通典》卷一百八十二:"豫章郡建昌县有上辽津。"建昌县即今江西九江市永修县。
⑤ 古乐府《豫章行》:"白杨初生时,乃在豫章山。"

豫章行

本为休明①人,斩虏素不闲②。岂惜战斗死?为君扫凶顽。精感石没羽③,岂云惮险艰?楼船④若鲸飞,波荡落星湾⑤。此曲不可奏,三军鬓成斑。

---

① 休明,休庆开明。
② 闲,习。
③ 荀悦《汉纪》卷十三《孝武皇帝纪四》:"(李广)尝猎,见草中石以为伏虎,射之,入石没羽,视之,石也。他日射之,终不能入。"
④ 见72页注⑦。
⑤ 落星湾,即今江西星子县之湖湾。相传有星坠于此,故名。

沐浴子①

沐芳莫弹冠,浴兰莫振衣。②处世忌太洁,至人贵藏晖③。沧浪有钓叟,吾与尔同归。④

---

① 《乐府遗声》游侠二十一曲中有《沐浴子》,乃梁、陈间曲。
② 《楚辞·渔父》:"屈原曰:吾闻之,新沐者必弹冠,新浴者必振衣。"又《九歌·云中君》:"浴兰汤兮沐芳。"
③ 藏晖,谓藏敛晖光,犹言"韬光"。
④ 沧浪,即汉水。《楚辞·渔父》:"渔父莞尔而笑,鼓枻而去。歌曰:'沧浪之水清兮,可以濯吾缨;沧浪之水浊兮,可以濯吾足。'"

静夜思

床前看月光,疑是地上霜。举头望山月,低头思故乡。

猛虎行①

朝作《猛虎行》，暮作《猛虎吟》。肠断非关陇头水②，泪下不为雍门琴③。

旌旗缤纷两河道④，战鼓惊山欲倾倒。秦人半作

---

① 乐府相和歌平调七曲，其一为《猛虎行》。古辞云："饥不从猛虎食，暮不从野雀栖。"盖取首句二字以命题。王琦说："是诗当是天宝十五载之春，太白与张旭相遇于溧阳，而太白又将遨游东越，与旭宴别而作也。"
② 《太平御览》卷五百七十二引《辛氏三秦记》曰："陇右西关，其坂九回，不知高几里。欲上者，七日越。高处可容百余家，下处数十万户。上有清水四注流下。"俗歌曰："陇头流水，鸣声幽咽。遥望秦川，肝肠断绝。"
③ 刘向《说苑·善说》："雍门子周以琴见孟尝君。……孟尝君泫然泣涕。"
④ 缤纷，杂乱之貌；两河道，谓河南、河北两道。天宝十四载十一月，安禄山叛逆，河北河南州郡相继陷没，故有此句。

猛虎行

燕地囚，胡马翻衔洛阳草。①

一输一失关下兵，朝降夕叛幽蓟城。②巨鳌未斩海水动，鱼龙奔走安得宁③？

颇似楚汉时，翻覆无定止。朝过博浪沙④，暮入淮阴市⑤。张良未遇韩信贫，刘项存亡在两臣。暂到下邳受兵略，来投漂母作主人。

贤哲栖栖⑥古如此，今时亦弃青云士。有策不

---

① 十二月，安禄山陷东京（洛阳），高仙芝遣五万人发长安击之，不战而走，退守潼关。仙芝所率多关中子弟，既败走，半为贼所擒虏，故有"秦人半作燕地囚"句。东京既陷，则胡骑充斥，遍于郊圻，故有"胡马翻衔洛阳草"句。
② 高仙芝既退，边令诚入奏事，言仙芝弃地数百里。上大怒，遣令诚赍敕即军中斩之。太白之意，殆以仙芝不战而走，损伤士卒，为一输，明皇不责以桑榆之效，而按以失律之诛，为一失。常山太守颜杲卿起兵讨贼，河北十七郡皆归朝廷。及杲卿被陷，河北诸郡复为贼守，故有"朝降夕叛幽蓟城"句。
③ 喻安禄山方炽，未能授首，天下将帅疲于奔命。
④ 留侯张良，韩公族姬姓也。秦始皇灭韩，良散家赀千万为韩报仇，击始皇于博浪沙中，误椎副车。秦索贼急，良乃变姓为张，匿于下邳，遇神仙黄石公，遗之兵法。及沛公之起也，良往属焉。（王符《潜夫论·志氏姓》）
⑤ 韩信，淮阴人也。钓于城下，诸漂母有一母见信饥，饭信。（《史记·淮阴侯列传》）
⑥ 栖栖，急迫之貌。

李白诗

敢犯龙鳞^①，窜身南国^②避胡尘。宝书玉剑挂高阁，金鞍骏马散故人。

昨日方为宣城^③客，掣铃交通二千石^④。有时六博^⑤快壮心，绕床三匝呼一掷^⑥。

楚人每道张旭奇^⑦，心藏风云世莫知。三吴邦伯^⑧皆顾盼，四海雄侠两追随。萧曹曾作沛中吏^⑨，

---

① 《韩非子·说难》："夫龙之为虫也，可扰狎而骑也。然其喉下有逆鳞径尺，人有婴之，则必杀人。人主亦有逆鳞，说之者龙能无婴人主之逆鳞，则几矣。"
② 南国，指溧阳。
③ 宣城，唐郡名，今安徽宣城市。
④ 掣，曳。唐时官署多悬铃于外，出入则引铃以代传呼。二千石，刺史。
⑤ 六博，古时游戏之事。博，簙：行六棋，故云六博。
⑥ 《晋书·刘毅传》："(刘毅)于东府聚樗蒲大掷，一判应至数百万，余人并黑犊以还，唯刘裕及在后。毅次掷得'雉'，大喜，褰衣绕床，叫谓同坐曰：'非不能卢，不事此耳。'"
⑦ 张旭，苏州人，官至长史。初为常熟尉时，有老人持牒求判，信宿又来。旭怒而责之。老人曰："爱公墨妙，欲家藏，无他也。"老人因复出其父书。旭视之，天下奇笔也。自是尽其法。旭喜酒，叫呼狂走方落笔。一日酣，以发濡墨作大字，既醒视之，自以为神不可复得。……其草字虽奇怪百出，而求其源流，无一点画不该规矩者。(《宣和书谱》)
⑧ 三吴，吴兴、吴郡、会稽。邦伯，州牧。
⑨ 萧曹，萧何、曹参。《史记·曹相国世家》："平阳侯曹参者，沛人也，秦时为沛狱掾，而萧何为主吏。"

猛虎行

攀龙附凤当有时。

溧阳①酒楼三月春,杨花茫茫愁杀人。胡雏绿眼吹玉笛,吴歌《白纻》飞梁尘②。丈夫相见且为乐,槌牛挝鼓③会众宾。我从此去钓东海④,得鱼笑寄情相亲。

---

① 溧阳,今江苏常州市溧阳市。
② 《白纻》为吴歌。参看78页注①。刘歆《七略》:"汉兴,鲁人虞公善雅歌,发声尽动梁上尘。"
③ 槌、挝,皆击。
④ 《庄子·外物》:"(任公)投竿东海,旦旦而钓。"

春思

燕草如碧丝,秦桑低绿枝。当君怀归日,是妾断肠时。春风不相识,何事入罗帏?

子夜吴歌四首①

其一

秦地罗敷女②,采桑绿水边。素手青条上,红妆白日鲜。蚕饥妾欲去,五马莫留连。

其二

镜湖③三百里,菡萏发荷花④。五月西施采,人看隘若耶⑤。回舟不待月,归去越王家。

---

① 相传晋有女子曰子夜造此歌,声至哀。后人因为四时行乐之词,谓之《子夜四时歌》,吴声。
② 见91页注①。
③ 镜湖,在今浙江绍兴市南,一名鉴湖。绍兴,古越地。
④ 菡萏,hàn dàn,荷花未发。
⑤ 若耶,溪名,在今绍兴市东南,北流与镜湖合,相传西施采莲之所。

其三

长安一片月,万户捣衣声。秋风吹不尽,总是玉关情①。何日平胡虏,良人②罢远征?

其四

明朝驿使③发,一夜絮④征袍。素手抽针冷,那堪把剪刀?裁缝寄远道,几日到临洮⑤?

---

① 玉关,见60页注①。
② 妻谓夫曰良人。
③ 古以驿马通信,故谓寄信之人曰驿使。
④ 絮,以绵絮入衣。
⑤ 临洮,今甘肃甘南藏族自治州临潭县,唐时为郡,置"莫门军""神策军"。

估客乐[①]

海客乘天风,将船远行役。譬如云中鸟,一去无踪迹。

[①] 《估客乐》,齐武帝之所制也。布衣时常游樊邓,登祚以后,追忆往事而作歌。(杜佑《通典》)

少年行

君不见，淮南少年游侠客，白日球猎夜拥掷。呼卢①百万终不惜，报仇千里如咫尺。

少年游侠好经过，浑身装束皆绮罗。兰蕙相随喧妓女，风光去处满笙歌。

骄矜自言不可有，侠士堂中养来久。好鞍好马乞与人，十千五千旋沽酒。

赤心用尽为知己，黄金不惜栽桃李。桃李栽来几度春，一回花落一回新。府县尽为门下客，王侯

---

① 呼卢，掷骰戏。古者乌曹氏作博，以五木为子，有枭、卢、雉、犊、塞，为胜负之采。博头有刻枭者为最胜，卢次之，雉犊又次之，塞为下。（彭大翼《山堂肆考》卷一百六十九）参看104页注⑥。

少年行

皆是平交人①。

男儿百年且乐命,何须徇②书受贫病。男儿百年且荣身,何须徇节甘风尘。衣冠半是征战士,穷儒浪作林泉民。遮莫③枝根长百丈,不如当代多还往。遮莫亲姻连帝城,不如当身自簪缨。看取富贵眼前者,何用悠悠身后名。

---

① 平交,谓平等之交。徐陵《与裴之横书》:"文辞简略,礼等平交。"
② 徇,谓以身从物。
③ 遮莫,古时俚语,犹言"尽教"。

捣衣篇

闺里佳人年十余,嚬蛾①对影恨离居。忽逢江上春归燕,衔得云中尺素书②。玉手开缄长叹息,狂夫犹戍交河北③。万里交河水北流,愿为双鸟泛中洲④。君边云拥青丝骑,妾处苔生红粉楼。⑤

楼上春风日将歇,谁能揽镜看愁发?晓吹员管随落花,夜捣戎衣向明月。

---

① 嚬蛾,蹙眉。
② 尺素,绢;古人为书,多书于绢。
③ 交河,出今山西忻州市宁武县治西,经朔州市朔城区南,流入桑干河。
④ 中洲,洲中。水中可居者为洲。
⑤ 青丝骑,谓青毛之马。刘孝绰《淇上人戏荡子妇行事》:"未见青丝骑,徒劳红粉妆。"

捣衣篇

明月高高刻漏长①，真珠帘箔掩兰堂②。横垂宝幄同心结③，半拂琼筵苏合香④。

琼筵宝幄连枝锦，灯烛荧荧照孤寝。有使凭将金剪刀，为君留下相思枕⑤。

摘尽庭兰不见君，红巾拭泪坐氤氲⑥。明年若更征边塞，愿作阳台一段云⑦。

---

① 刻漏，见42页注④。
② 兰堂，喻其芬芳。
③ 幄，帐幕：言幕上垂同心结。
④ 苏合香，乔木名，出波斯等国。《梁书·诸夷传》："大秦人采苏合，榨其汁以为香膏。"
⑤ 鲍令晖《代葛沙门妻郭小玉》："临当欲去时，复留相思枕。"
⑥ 氤氲，yīn yūn，气合。
⑦ 宋玉《神女赋》："楚襄王游云梦之泽，梦神女曰：'妾在巫山之阳，高丘之阻；朝朝暮暮，阳台之下。'"阳台在今湖北汉川市南。原作阳台一段云，意谓滔滔不归，则惟有托梦以从其夫于四方上下耳。

长相思

日色欲尽花含烟,月明如素①愁不眠。赵瑟初停凤凰柱②,蜀琴③欲奏鸳鸯弦④。此曲有意无人传,愿随春风寄燕然⑤。

忆君迢迢隔青天:昔时横波目⑥,今为流泪泉。不信妾断肠,归来看取明镜前。

---

① 素,生绢洁白者。王勃《临高台》:"云开月色明如素。"
② 吴均《酬别江主簿屯骑》:"赵瑟凤凰柱。"凤凰柱,刻瑟柱为凤凰形。
③ 司马相如工琴而处蜀,故曰蜀琴。
④ 鸳鸯弦,犹言雌雄弦。
⑤ 燕然,山名,为漠北极远之地,即今蒙古国杭爱山。
⑥ 横波,言目斜视,如水之横流。

襄阳歌

落日欲没岘山西①,倒着接䍦②花下迷。襄阳小儿齐拍手,拦街争唱《白铜鞮》③。傍人借问笑何事,笑杀山公醉似泥。

鸬鹚杓,鹦鹉杯:④百年三万六千日,一日须

---

① 岘山,在今湖北襄阳市襄州区南。岘,xiàn。
② 接䍦,白帽。䍦,lí。山季伦(简)为荆州,时出酣畅,人为之歌曰:"山公时一醉,径造高阳池。……复能乘骏马,倒着白接䍦。"(刘义庆《世说新语·任诞》)
③ 梁武帝之在雍镇,有童谣曰:"襄阳白铜蹄,反缚扬州儿。"识者言铜蹄谓马也;白,金色也。及义师之兴,实以铁骑,扬州之士皆面缚,如谣言。故即位之后,更造新声,帝自为之词三曲,又令沈约为三曲,以被弦管。(《隋书·音乐志上》)后人改"蹄"为"鞮",未详其义。鞮,dī。
④ 伊士珍《琅嬛记》卷中:"金母召群仙宴于赤水,坐有碧玉鹦鹉杯,白玉鸬鹚杓。"鸬鹚,水鸟,其颈长,刻杓为之形,故名。

倾三百杯①。

遥看汉水鸭头绿②,恰似葡萄初酦醅③。此江若变作春酒,垒曲便筑糟丘台④。

千金骏马换少妾⑤,醉坐雕鞍歌《落梅》⑥。车旁侧挂一壶酒,凤笙龙管⑦行相催。咸阳市中叹黄犬⑧,何如月下倾金罍⑨?

君不见,晋朝羊公一片石,龟头剥落生莓苔。泪亦不能为之堕,心亦不能为之哀。⑩

---

① 见45页注②。
② 鸭头绿,谓色如鸭头之碧。
③ 唐太宗破高昌,收马乳葡萄,种于苑中,并得酒法,仍自损益之,造酒绿色。(钱易《南部新书》卷三)故以汉水之色为比。酦醅,pō pēi,谓重酿之酒而未滤者。
④ 纣沉湎于酒,以糟为丘,以酒为池。(王充《论衡·语增》)
⑤ 后魏曹彰性倜傥,偶逢骏马,爱之,其主所惜也。彰曰:"予有美妾可换,惟君所选。"马主因指一妓,彰遂换之。(李冗《独异志》卷中)
⑥ 见73页注⑤。
⑦ 笙十三簧,象凤之形,故曰凤笙。马融《笛赋》:"龙鸣水中不见。已截竹吹之,声相似。"
⑧ 见30页注⑦。
⑨ 金罍,酒器。《诗·周南·卷耳》:"我姑酌彼金罍。"罍,léi。
⑩ 羊公,羊祜。祜卒,襄阳百姓于岘山祜平生游憩之所建碑立庙,岁时享祭焉。望其碑者莫不流涕,杜预因名为堕泪碑。龟头,碑足。莓,méi,苔。

襄阳歌

清风朗月不用一钱买,玉山自倒非人推①。

舒州杓,力士铛②,李白与尔同死生。襄王云雨今安在③?江水东流猿夜声。

---

① 玉山倒,谓饮醉。刘义庆《世说新语·容止》:"嵇叔夜(康)之为人也,岩岩若孤松之独立;其醉也,傀俄若玉山之将崩。"
② 《新唐书·地理志》:"舒州(今安徽安庆市怀宁县)……土贡,酒器、铁器。"又《韦坚传》:"有豫章力士,甏饮器,茗铛。"铛,chēng,温酒器。
③ 楚襄王与宋玉游于云梦之台,望高唐之观。其上独有云气,王以问玉,玉答以巫山神女,旦为朝云,暮为行雨。

江上吟

　　木兰之枻沙棠舟①,玉箫金管坐两头。美酒樽中置千斛,载妓随波任去留②。

　　仙人有待乘黄鹤③,海客无心随白鸥④。屈平词赋悬日月,楚王台榭空山丘。⑤兴酣落笔摇五岳,诗成

---

① 枻,yì,楫。《楚辞·九歌·湘君》:"桂棹兮兰枻。"任昉《述异记》卷上:"汉成帝与赵飞燕游太液池,以沙棠木为舟。"参看本页注②。
② 郭璞《山海经赞》:"安得沙棠,制为龙舟,聊以逍遥,任波去留。"
③ 黄鹤楼在武昌城西黄鹤矶上,世传仙人子安乘黄鹤过此。(《一统志》卷五十九)
④ 《列子·黄帝》:"海上之人有好鸥鸟者,每旦之海上与鸥鸟游。"
⑤ 屈平,即屈原,作《离骚》。班固《离骚经序》:"屈原之文,弘博丽雅,为辞赋宗。"悬日月,谓不可磨灭。楚王台榭,指章华台、阳云台之类。上句之意,谓醉心著作可以传千秋不刊之文,下句谓溺志豪华,不过取一时盘游之乐。

江上吟

笑傲凌沧洲①。
功名富贵若长在,汉水亦应西北流②。

---

① 沧洲,仙岛。隋大业九年,元藏几为过海使判官,舟飘至洲岛间,洲人云:"此沧洲,去中国已数万里。"其洲方千里,花木常如二三月,人多不死。所居或金阙、银台、玉楼、紫阁。藏几淹留既久,忽念中国。洲人制凌风舸以送之,激水如箭,不旬日即达东莱。(苏鹗《杜阳杂编》卷下)
② 汉水,东南流者也。汉水西北流,言不可能之事。

元丹丘歌

元丹丘,爱神仙。朝饮颍川^①之清流,暮还嵩岑之紫烟:三十六峰长周旋。

长周旋,蹑星虹。身骑飞龙耳生风,横河跨海与天通,我知尔游心无穷。

---

① 《河南通志》卷七:"嵩山居四岳之中,故谓之中岳。其山二峰:东曰太室,西曰少室(在今河南郑州市登封市北)。……少室山,颍水之源出焉。其山有三十六峰:曰朝岳,曰望洛,曰太阳,曰少阳,曰石城,曰石笋,曰檀香,曰丹砂,曰钵盂,曰香炉,曰连天,曰紫霄,曰罗汉,曰七佛,曰来仙,曰清凉,曰宝胜,曰瑞应,曰璃璧,曰紫盖,曰翠华,曰药室,曰紫薇,曰白道,曰帝宇,曰卓剑,曰白云,曰金牛,曰明月,曰凝璧,曰迎霞,曰玉华,曰宝柱,曰系马,曰白鹿,曰灵隐。"

扶风豪士歌①

洛阳三月飞胡沙,洛阳城中人怨嗟。天津②流水波赤血,白骨相撑③如乱麻。

我亦东奔向吴国,浮云四塞道路赊④。

东方日出啼早鸦,城门人开扫落花。梧桐杨柳拂金井,来醉扶风豪士家。

扶风豪士天下奇,意气相倾山可移。作人不倚将军势,饮酒岂顾尚书期⑤?雕盘绮食会众客,吴

① 扶风,古郡名,今陕西凤翔等处。
② 天津,桥名,见29页注①。
③ 撑,斜撑。
④ 赊,shē,远。
⑤ 陈遵嗜酒,每大饮,宾客满堂,辄关门取客车辖投井中,虽有急,终不得去。尝有部刺史奏事过遵,值其方饮。刺史大穷,候遵沾醉时,突入见遵母,叩头自白当对尚书有期会状。母乃令从后阁出去。(《汉书·游侠·陈遵传》)

歌赵舞香风吹。

原、尝、春、陵六国时,开心写意君所知。堂中各有三千士①,明日报恩知是谁?

抚长剑,一扬眉②,清水白石何离离③!脱吾帽,向君笑;饮君酒,为君吟。张良未逐赤松去,桥边黄石知我心。④

---

① 王充《论衡·儒增》:"齐之孟尝,魏之信陵,赵之平原,楚之春申,待士下客,招会四方,各三千人。"
② 江晖《雨雪曲》:"恐君不见信,抚剑一扬眉。"
③ 清水白石何离离,即水清石见之意。古乐府《艳歌行》:"语卿且勿盼,水清石自见。"
④ 张良匿下邳时,步游沂水桥上,与黄石公相遇,黄石公授以一编书。后良与沛公遇于陈留,沛公用其言,辄有功。高祖六年封功臣,封良为留侯。良辞曰:"……愿弃人间事,欲从赤松子游耳。"乃学辟谷,道引,轻身。(见《史记·留侯世家》)

同族弟金城①尉叔卿烛照山水壁画歌

高堂粉壁图蓬瀛②,烛前一见沧洲清③。洪波汹涌山峥嵘,皎若丹丘隔海望赤城④。

光中乍喜岚气⑤灭。谓逢山阴⑥晴后雪。回溪⑦碧流寂无喧,又如秦人月下窥花源⑧。了然不觉清心

---

① 金城,汉置县名,故城在今甘肃兰州市皋兰县西南。
② 蓬瀛,谓蓬莱、瀛洲,皆仙山。
③ 见119页注①。
④ 丹丘,海外仙山。赤城,山名,在浙江台州市天台县北,一名烧山,其上石壁皆如霞色。
⑤ 岚气,山中雾气。
⑥ 山阴,旧县名,属浙江绍兴府(今浙江绍兴市)。其地山明土秀,素称胜地。
⑦ 回溪,曲溪。
⑧ 晋太元中,武陵渔人入桃花源,有洞,中人自谓避秦时难至此。(见陶渊明《桃花源记》)

魂,只将叠嶂鸣秋猿。

　　与君对此欢未歇,放歌行吟达明发。却顾海客扬云帆,便欲因之向溟渤①。

---

① 溟、渤,两海名。

梁园吟①

我浮黄河去京阙,挂席②欲进波连山。天长水阔厌远涉,访古始及平台③间。

平台为客忧思多,对酒遂作《梁园歌》。却忆蓬池阮公咏,因吟"渌水扬洪波"。④

洪波浩荡迷旧国,路远西归安可得?人生达命岂暇愁?且饮美酒登高楼。平头奴子⑤摇大扇,五月不热疑清秋。玉盘杨梅为君设,吴盐如花皎白

---

① 梁园旧址在今河南商丘市东南,汉梁孝王游赏之所。
② 挂席,舟行扬帆。谢灵运《游赤石进帆海》:"挂席拾海月。"
③ 平台,梁孝王所筑,在今河南商丘市东北,当时离宫所在。
④ 阮公,阮籍。阮籍《咏怀》诗八十二首之十六云:"徘徊蓬池上,还顾望大梁。渌水扬洪波,旷野莽茫茫。……"
⑤ 平头,巾名。梁武帝《河中之水歌》:"平头奴子擎履箱。"

雪。持盐把酒①但饮之,莫学夷齐事高洁。

昔人豪贵信陵君,今人耕种信陵坟。②荒城虚照碧山月,古木尽入苍梧云③。

梁王宫阙今安在?枚马④先归不相待。舞影歌声散渌池,空余汴水⑤东流海。

沉吟此事泪满衣,黄金买醉未能归。连呼五白行六博⑥,分曹赌酒⑦酣驰晖⑧。

---

① 北魏明元帝与崔浩语至中夜,赐浩缥醪酒十斛,水精戎盐一两,曰:"朕味卿言,若此盐酒,故与卿同其味也。"(《魏书·崔浩传》)似古时以盐下酒。
② 《史记·魏公子列传》:"魏公子无忌者,魏昭王少子而魏安釐王异母弟也。昭王薨,安釐王即位,封公子为信陵君。……公子为人仁而下士,士无贤不肖皆谦而礼交之,不敢以其富贵骄士,士以此方数千里争往归之。"乐史《太平寰宇记》卷一:"信陵君墓在开封府浚仪县南十二里。"浚仪县即古之大梁,故址在今开封市祥符区东北。
③ 欧阳询《艺文类聚》卷九十八:"有白云出自苍梧,入于大梁。"苍梧,山名,在今湖南永州市宁远县。
④ 枚、马,谓枚乘、司马相如,并尝为梁客。
⑤ 汴水,即汴河,流经大梁城,今已湮废。
⑥ 《楚辞·招魂》:"菎蔽象棋,有六簙些;分曹并进,遒相迫些;成枭而牟,呼五白些。"六簙,见104页注⑤。王逸注:"五白,簙齿也。……呼五白,以助投也。"校订者按:"六博"原注引作"六簙"。"博"早期表示一种棋戏,即博弈,后泛指赌博。后世在"博"字上增加"竹"写作"簙"。今通写作"博"。
⑦ 分曹赌酒,谓分为二曹以赌酒之胜负。
⑧ 驰晖,日。

梁园吟

歌且谣①,意方远。东山高卧时起来,欲济苍生未应晚。②

---

① 徒歌曰谣。
② 晋谢安,字安石,少有重名,征辟皆不就,隐居东山,以妓相从。人为语曰:"安石不出,如苍生何!"年四十余,始出为桓温司马。

白云歌送刘十六归山①

楚山秦山皆白云,白云处处长随君。
长随君;君入楚山里,云亦随君度湘水②。
湘水上,女罗衣③;白云堪卧君早归。

---

① 萧士赟说:意刘十六楚人而游于秦。送其归山者,归楚山也。
② 湘水,湖南巨川,发源于广西桂林市兴安县之阳海山,入洞庭湖。
③ 女罗,即女萝,地衣类植物,亦名松萝。《楚辞·九歌·山鬼》:"被薜荔兮带女萝。"

横江词六首[1]

其一

人言横江好,侬道横江恶。一风三日吹倒山,白浪高于瓦官阁[2]。

其二

海潮南去过浔阳[3],牛渚由来险马当[4]。横江欲渡风波恶,一水牵愁万里长。

---

[1] 横江,在今安徽马鞍山市和县东南,对江南之采石,为津渡处。
[2] 瓦官阁,即瓦官寺,在今江苏南京市江宁区之西南,乃梁朝所建,高二百四十尺,南唐时犹存。
[3] 浔阳,即今江西九江市。长江至此向东北行,故言海潮南去。
[4] 牛渚山在今安徽马鞍山市当涂县西北二十里,与横江相对。马当山在今江西九江市彭泽县东北四十里。险马当,言险于马当。

其三

横江西望阻西秦,汉水东连扬子津①。白浪如山那可渡?狂风愁杀峭帆②人!

其四

海神来过恶风回,浪打天门③石壁开。浙江八月何如此?涛似连山喷雪来④。

其五

横江馆⑤前津吏⑥迎,向余东指海云生。郎今欲渡缘何事?如此风波不可行!

---

① 汉水源出陕西宁强县嶓冢山,东南流至武汉汉口龙王庙汇入长江。长江从江苏南京市以下至入海口一段或称扬子江。扬子津在今江苏扬州市江都区南,是扬州市与镇江市之间重要的津渡。
② 峭帆,急帆。
③ 天门山在今安徽马鞍山市当涂县西南三十里,夹大江对峙,东曰博望,西曰梁山。
④ 浙江至旧钱塘县境曰钱塘江,两岸有鼋、赭二山,南北对峙如门。潮汐为两山所束,其势如山,八月望日,午潮尤甚。
⑤ 横江馆,采石津之官舍。
⑥ 津吏,掌舟梁之事者。

其六

月晕①天风雾不开,海鲸东蹙百川回。惊波一起三山②动,公无渡河③归去来!

---

① 古语:"月晕而风,础润而雨。"
② 三山,在今江苏南京市江宁区东南。山有三峰,南北相接,故名三山。
③ 古乐府《公无渡河》:"公无渡河,公竟渡河!"

秋浦歌十七首①

其一

秋浦长似秋,萧条使人愁。客愁不可度,行上东大楼②。正西望长安,下见江水流。寄言向江水,汝意忆侬不?遥传一掬③泪,为我达扬州。

其二

秋浦猿夜愁,黄山堪白头④,青溪⑤非陇水⑥,翻

---

① 唐池州(今安徽池州市贵池区为其旧治)有秋浦县,其地有秋浦水,故以立名。
② 《江南通志》卷十六:"大楼山,在池州府城南六十里。"
③ 掬,jū,两手相合捧物曰掬。
④ 《江南通志》卷十六:"黄山,在池州府城南九十里。"堪白头,谓黄山也愁白了头。
⑤ 《江南通志》卷十六:"青溪在池州府城北五里,……经郡城,至大江。"
⑥ 陇水,见102页注②。

作断肠流。欲去不得去,薄游①成久游。何年是归日,雨泪下孤舟。

其三

秋浦锦驼鸟②,人间天上稀。山鸡羞渌水,不敢照毛衣。

其四

两鬓入秋浦,一朝飒③已衰。猿声催白发,长短尽成丝。

其五

秋浦多白猿,超腾④若飞雪。牵引条上儿,饮弄水中月。

---

① 薄游,小游。
② 驼鸟,即驼马。叶廷珪《海录碎事》卷二十二:"驼鸟出秋浦,如吐绶鸡。"
③ 飒,sà,衰。
④ 超腾,跳跃。左思《蜀都赋》:"猿狖超腾而竞捷。"

其六

愁作秋浦客,强看秋浦花。山川如剡县①,风日似长沙②。

其七

醉上山公马③,寒歌宁戚牛。空吟"白石烂"④,泪满黑貂裘⑤。

其八

秋浦千重岭,水车岭⑥最奇。天倾欲堕石,水

---

① 《元丰九域志》卷五:"剡县,在越州会稽郡东南一百八十里。"按即今浙江嵊州市之地。剡,shàn。
② 唐时长沙郡包括今湖南全省之地。
③ 见115页注②。
④ 宁戚饭牛车下,叩角而商歌曰:"南山矸,白石烂,生不逢尧与舜禅。短布单衣裁至骭。长夜冥冥何时旦!"(《艺文类聚》卷九十四引蔡邕《琴操》)
⑤ 苏秦说秦王,书十上而说不行,黑貂之裘敝,黄金百斤尽。(《战国策·秦策一》)
⑥ 《贵池志》:"县西南七十里有姥山,又五里为水车岭,陡峻临渊,奔流冲激,恒若桔槔之声。"

拂寄生枝①。

其九

江祖一片石②,青天扫画屏。题诗留万古,绿字锦苔生。

其十

千千石楠树③,万万女贞林④。山山白鹭满,涧涧白猿吟。君莫向秋浦,猿声碎客心。

其十一

逻人⑤横鸟道,江祖出鱼梁⑥。水急客舟疾,山

---

① 寄生,旧注谓即桑寄生。桑寄生乃落叶小灌木,即茑。苏颂《本草图经》卷十:"桑寄生……叶似橘而厚软,茎似槐枝而肥脆。三四月生花,黄白色。六月七月结实,黄色,如小豆大。"
② 《一统志》卷十六:"江祖山在池州府城西南二十五里,有一石突出水际,其高数丈,上有仙人迹,名曰江祖石。"
③ 石楠,常绿灌木名,属石楠科,高至七八尺,叶椭圆,初夏开淡红花,秋结细实,江南人多植之墓上。
④ 女贞,常绿灌木,高者六七尺,叶卵形,夏开小白花,实长椭圆形,色紫黑。
⑤ 逻人,当是山名。胡震亨据《贵池志》以为是"逻叉"字之误。王琦疑之:谓逻叉为水中石矶,则不应言横鸟道。
⑥ 见本页注②。鱼梁,取鱼之梁。

花拂面香。

其十二

水如一匹练，此地即平天。耐可①乘明月，看花上酒船。

其十三

渌水净素月，月明白鹭飞。郎听采菱女，一道夜歌归②。

其十四

炉火③照天地，红星乱紫烟。赧郎④明月夜，歌曲动寒川。

---

① 王注引田汝成说，谓杭州人言"宁可"曰"耐可"，音如"能可"。愚按此处无"宁可"之意，似应作"堪可"解。
② 吴楚之风俗，当菱熟时，士女相与采之，故有采菱之歌。（罗愿《尔雅翼》卷六）
③ 王注谓是鼓铸之火。
④ 王注引萧说：赧郎，吴音，歌者助语之辞。按今本萧注无此说。

其十五

白发三千丈,缘愁似个长①。不知明镜里,何处得秋霜。

其十六

秋浦田舍翁,采鱼水中宿。妻子张白鹇②,结罝③映深竹。

其十七

桃波④一步地,了了语声闻。暗⑤与山僧别,低头礼白云。

---

① 个长,犹言如此长。
② 张,罗取鸟兽。白鹇出江南,雉类也;白色而背有细黑文,可畜。(苏颂《本草图经》)鹇,xián。
③ 罝,jū,网。
④ 王注据李白《与周刚清溪玉镜潭宴别》诗,谓潭在秋浦桃胡陂下,因疑"桃波"即"桃陂"之讹。
⑤ 暗,默。

峨眉山月歌送蜀僧晏入中京①

我在巴东②三峡③时,西看明月忆峨眉④。月出峨眉照沧海,与人万里长相随。

黄鹤楼⑤前月华白,此中忽见峨眉客。峨眉山月还送君,风吹西到长安陌。

长安大道横九天⑥,峨眉山月照秦川⑦。黄金师子

---

① 中京,长安。唐肃宗至德二载始以长安为中京,以其在洛阳、凤翔、蜀郡、太原之中。
② 巴东,唐郡名,今重庆市云阳、奉节等县地。
③ 三峡,在川东大江中,一为瞿塘峡,一为巫峡,一为西陵峡。
④ 峨眉山,在今四川峨眉山市西南。
⑤ 黄鹤楼,见118页注③。
⑥ 相传天有九重,故曰九天。
⑦ 秦川,谓今陕西、甘肃两省之地。

峨眉山月歌送蜀僧晏入中京

承高座①,白玉麈尾谈重玄②。

我似浮云滞吴越,君逢圣主游丹阙③。一振高名满帝都,归时还弄峨眉月。

---

① 凡佛所坐,若床若榻,皆名师子座。
② 麈尾,拂尘;重玄,即《老子》第一章"玄之又玄"之义。
③ 丹阙,帝王宫殿;以丹饰之,故云。

江夏行[①]

忆昔娇小姿,春心亦自持。为言嫁夫婿,得免长相思。谁知嫁商贾,令人却愁苦。自从为夫妻,何曾在乡土?

去年下扬州,相送黄鹤楼[②]。眼看帆去远,心逐江水流[③]。只言期一载,谁谓历三秋?使妾肠欲断,恨君情悠悠。

东家西舍同时发,北去南来不逾月。未知行李[④]游何方,作个音书能断绝?

---

① 江夏,唐郡名,今湖北武汉市武昌区。
② 见118页注③。
③ 《莫愁乐·闻欢下扬州》:"闻欢下扬州,相送楚山头。探手抱腰看,江水断不流。"
④ 行李,行人。

江夏行

适来往南浦①,欲问西江船。正见当垆女②,红妆二八年。

一种为人妻,独自多悲恓。对镜便垂泪,逢人只欲啼。不如轻薄儿,旦暮长追随。悔作商人妇,青春长别离。

如今正好同欢乐,君去容华谁得知?

---

① 南浦,水名,在今湖北武汉市武昌区南三里。《楚辞·九歌·河伯》:"送美人兮南浦。"
② 当垆女,见58页注③。

怀仙歌

一鹤东飞过沧海,放心散漫知何在。仙人浩歌①望我来,应攀玉树②长相待。

尧舜之事不足惊,自余嚣嚣直可轻。巨鳌莫载三山去③,吾欲蓬莱④顶上行。

---

① 浩歌,大歌。
② 王嘉《拾遗记》卷十:"昆仑山有五色玉树,阴翳五百里。"
③ 《列子·汤问》:"渤海之东,……有五山焉:一曰岱舆,二曰员峤,三曰方壶,四曰瀛洲,五曰蓬莱。五山之根,无所连着:常随潮波上下往还不得暂峙焉。……帝乃……使巨鳌……举首而戴之。"三山,指蓬莱、方丈、瀛洲。
④ 见本页注③。

山鹧鸪词①

　　苦竹岭②头秋月辉,苦竹南枝鹧鸪飞③。嫁得燕山④胡雁婿,欲衔我向雁门⑤归。山鸡翟雉⑥来相劝,南禽多被北禽欺。紫塞⑦严霜如剑戟,苍梧⑧欲巢难背违。我心誓死不能去,哀鸣惊叫泪沾衣。

---

① 《山鹧鸪》,曲名,效鹧鸪之声为之。
② 苦竹岭,在池州(今安徽池州市贵池区)原三保,李白尝读书于此。(《江南通志》卷十五《舆地志·山川五》)
③ 鹧鸪,鸟名,吴楚悉有,岭南偏多。臆前有白圆点,背上间紫赤毛。其大如野鸡,多对鸣;其声若曰"行不得也哥哥"。
④ 燕山,谓燕地之山。
⑤ 雁门,山名,在今山西忻州市代县西北。
⑥ 翟雉,山雉尾长者。
⑦ 紫塞,见60页注⑤。
⑧ 苍梧,见126页注③。

赠裴十四

朝见裴叔则,朗如行玉山①。黄河落天②走东海,万里写入胸怀间。身骑白鼋③不敢度,金高南山买君顾。徘徊六合④无相知,飘若浮云且西去。

---

① 晋裴楷,字叔则,有俊容仪:脱冠冕,粗服乱头,皆好。时人以为玉人。见者曰:"见裴叔则如玉山上行,光映照人。"(见刘义庆《世说新语·容止》)
② 杨齐贤注:"黄河出昆仑山。……其流入中国,势犹从天而落也。"
③ 鼋,爬虫类动物,状似鳖而甚大。《楚辞·九歌·河伯》:"乘白鼋兮逐文鱼。"
④ 六合,上下四方。

对雪献从兄虞城宰①

昨夜梁园雪②,弟寒兄不知。庭前看玉树③,肠断忆连枝④。

① 虞城,今河南商丘市虞城县。
② 见125页注①。
③ 玉树,雪中树。
④ 连枝,喻兄弟。

醉后赠从甥高镇

马上相逢揖马鞭,客中相见客中怜。欲邀击筑悲歌饮①,正值倾家无酒钱。

江东风光不借人,枉杀落花空自春。黄金逐手快意尽②,昨日破产今朝贫。丈夫何事空啸傲?不如烧却头上巾③。

君为进士不得进,我被秋霜生旅鬓。时清不及

---

① 筑,zhú,古乐器,今已失传。据陈元龙《格致镜原》卷四十六《乐器类》谓,形如琴,十三弦。鼓法:以左手扼之,右手以竹尺击之。《史记·刺客列传》:"高渐离击筑,荆轲和而歌于市中。……已而相泣,旁若无人。"
② 李白《上安州裴长史书》:"昔东游维扬,不逾一年,散金三十余万,有落魄公子,悉皆济之。"
③ 巾,冠,士人所用。

醉后赠从甥高镇

英豪人,三尺童儿唾廉蔺①。匣中盘剑装鲌鱼②,闲在腰间未用渠③。且将换酒与君醉,醉归托宿吴专诸④。

---

① 廉、蔺,谓廉颇、蔺相如,并战国时赵人:颇为良将,将兵数有功;相如以使秦有功,为上大夫。
② 鲌鱼,即今之所谓沙鱼,皮有珠文,用作刀剑鞘。鲌,què。
③ 渠,第三人称代词,他。
④ 专诸,春秋时刺客,尝刺吴王僚者。

赠秋浦柳少府

秋浦①旧萧索,公庭人吏稀。因君树桃李,此地忽芳菲。②摇笔望白云,开帘当翠微③。时来引山月,纵酒酣清辉④。而我爱夫子,淹留未忍归。

---

① 秋浦,见132页注①。
② 潘岳为河阳令,种桃李花,人号曰"河阳一县花"。
③ 翠微,山气青缥色。
④ 清辉,清光,谓月光。阮籍《咏怀》诗八十二首之十四:"明月耀清辉。"

对雪醉后赠王历阳[1]

有身莫犯飞龙鳞[2],有手莫辫猛虎须[3]。君看昔日汝南市,白头仙人隐玉壶。[4]

子猷闻风动窗竹,相邀共醉杯中绿,历阳何异山阴时,白雪飞花乱人目[5]。

君家有酒我何愁,客多乐酣秉烛游[6]。谢尚自能

---

[1] 历阳,唐时郡名,今安徽和县。
[2] 见104页注①。
[3] 《庄子·盗跖》:"疾走,料虎头,编虎须,几不免虎口哉!"
[4] 葛洪《神仙传》卷九:"壶公者,不知其姓名。汝南费长房为市掾,忽见公从远方来,入市卖药。常悬一空壶于屋上。日入之后,公跳入壶中,人莫能见。"
[5] 晋王子猷居山阴,夜大雪,眠觉,开室命酌酒。
[6] 《古诗十九首》之十五:"昼短苦夜长,何不秉烛游?"

鸲鹆舞①,相如免脱鹔鹴裘②。清晨兴罢过江去,千里相思明月楼③。

---

① 晋王导辟谢尚为掾,始到府通谒,导以其有胜会,谓曰:"闻君能作鸲鹆舞,一坐倾想,宁有此理否?"尚曰:"佳。"便着衣帻而舞。导令坐者抚掌击节,尚俯仰在中,旁若无人。(《晋书·谢尚传》)
② 见70页注⑤。
③ 《太平寰宇记》:"江陵县(今湖北荆州市江陵县)湘东苑有明月楼。"

赠汪伦①

李白乘舟将欲行,忽闻岸上踏歌声②。桃花潭③水深千尺,不及汪伦送我情。

---

① 原注:白游泾县桃花潭,村人汪伦常酝美酒以待白。伦之裔孙至今宝其诗。
② 踏歌者,连手而歌,蹋地以为节。
③ 桃花潭在宁国府泾县(今安徽泾县)西南一百里,深不可测。(《一统志》卷十五)

春日独坐寄郑明府

燕麦①青青游子悲,河堤弱柳郁金枝②。长条一拂春风去,尽日飘扬无定时。

我在河南别离久,那堪对此当窗牖。情人③道来竟不来,何人共醉新丰酒④?

① 燕麦,俗名野麦,叶细长而尖,实繁密而芒多。燕雀所食,故名。
② 郁金,木名,春开小花,色黄。此言堤柳之枝,似郁金之黄。
③ 情人,谓情好之人,非谓恋人。
④ 新丰,汉置县名,故城在今陕西西安市临潼区东北。

沙丘城下寄杜甫[①]

我来竟何事？高卧沙丘城[②]。城边有古树，日夕连秋声。鲁酒不可醉，齐歌空复情[③]。思君若汶水[④]，浩荡寄南征。

---

① 杜甫，字子美，与李白同时诗人。
② 沙丘，在今河北邢台市平乡县东北。此沙丘城当是另一处，应在山东，与汶水相近。
③ 山东为古齐鲁之地。
④ 汶水，当指大汶河，在山东西部，由多源汇合，西南流入运河。

闻王昌龄左迁龙标遥有此寄[①]

扬州花落子规啼,闻道龙标过五溪[②];我寄愁心与明月,随君直到夜郎西[③]。

---

① 王昌龄,字少伯,太原人,工诗。第进士,补校书郎;又中宏辞,迁汜水尉;不护细行,贬龙标尉。龙标即今湖南怀化市。左迁,谓贬秩位。古时尊右卑左,故云。
② 五溪,即今湖南怀化市沅水支流的巫水、渠水、酉水、潕水、辰水,或谓之雄溪、满溪、酉溪、潕溪、辰溪,统称"武陵五溪",故怀化市古称"五溪之地"。
③ 夜郎,古时南夷国名,在今贵州西境。

寄王屋山人孟大融

我昔东海上，劳山①餐紫霞②。亲见安期公，食枣大如瓜③。中年谒汉主，不惬还归家。朱颜谢春晖，白发见生涯。所期就金液④，飞步登云车。愿随夫子天坛上，闲与仙人扫落花。

---

① 劳山，即崂山，在今山东青岛市即墨区东南海滨，有二：一曰大劳山，一曰小劳山。
② 紫霞，仙人之餐。颜延年《嵇中散》："本自餐霞人。"李周翰注："餐霞，仙者之流。"
③ 李少君曰："臣常游海上，见安期生：安期生食巨枣，大如瓜。"（《史记·封禅书》）
④ 葛洪《抱朴子·金丹》："金液，太乙所服而仙者也。"

寄东鲁二稚子①

吴地桑叶绿,吴蚕已三眠。我家寄东鲁,谁种龟阴②田?

春事已不及,江行复茫然。南风吹归心,飞堕酒楼前。

楼东一株桃,枝叶拂青烟。此树我所种,别来向三年。桃今与楼齐,我行尚未旋。

娇女字平阳,折花倚桃边;折花不见我,泪下如流泉。小儿名伯禽,与姊亦齐肩。双行桃树下,抚背复谁怜?

---

① 二稚子,谓一女一子。原注:在金陵作。
② 龟阴,龟山之北。龟山,在今山东济宁市泗水县东北。

寄东鲁二稚子

念此失次第,肝肠日忧煎。裂素①写远意,因之汶阳川②。

---

① 素,绢之精白者。
② 汶阳,谓汶水之南。汶水,见153页注④。

独酌青溪①江石上寄权昭夷

我携一樽酒,独上江祖石②。自从天地开,更长几千尺。

举杯向天笑,天回日西照。永愿坐此石,长垂严陵钓③。寄谢山中人,可与尔同调。

---

① 青溪,见132页注⑤。
② 江祖石,见135页注②。
③ 东汉严光,字子陵,少与光武同游学。光武即位,变姓名隐身不见。帝令物色得之,除谏议大夫,不就。耕于富春山(在浙江杭州市桐庐县),后人名其钓处为严陵濑。

庐山谣寄卢侍御虚舟①

我本楚狂人,凤歌笑孔丘。②手持绿玉杖,朝别黄鹤楼③。五岳寻仙不辞远,一生好入名山游。

庐山秀出南斗傍,屏风九叠云锦张④,影落明湖青黛光。金阙前开二峰长,银河倒挂三石梁。香炉⑤瀑布遥相望,回崖沓嶂凌苍苍。翠影红霞映朝日,鸟飞不到吴天长。

登高壮观天地间,大江茫茫去不还。黄云万里

---

① 庐山,在今江西庐山市西北,九江市南。徒歌曰谣。
② 陆通,字接舆,楚人。好养性,躬耕以为食。楚昭王时,通见楚政无常,乃佯狂不仕,时人谓之楚狂。孔子适楚,接舆游其门曰:"凤兮凤兮,何如德之衰也!……"(皇甫谧《高士传·陆通》)
③ 黄鹤楼,见118页注③。
④ 庐山最高峰为五老峰,古称屏风叠。
⑤ 香炉,庐山峰名,其旁有瀑布。

动风色,白波九道①流雪山。

好为庐山谣,兴因庐山发。闲窥石镜②清我心,谢公行处苍苔没③。

早服还丹④无世情,琴心三叠⑤道初成。遥见仙人彩云里,手把芙蓉朝玉京⑥。先期汗漫⑦九垓⑧上,愿接卢敖⑨游太清。

---

① 《汉书·地理志》应劭注:江自浔阳分为九道,盖言大江分而为九,故曰九江也。张僧鉴《浔阳记》具载九江之名:一、乌白江,二、蜂江,三、乌江,四、嘉靡江,五、畎江,六、源江,七、廪江,八、提江,九、箘江。
② 石镜,峰名。《太平寰宇记》:"石镜在东山悬崖之上,其状团圆,近之则照见形影。"
③ 谢公,谢灵运。灵运有《登庐山绝顶望诸峤》。
④ 烧丹成水银,还水银成丹,故曰还丹。
⑤ 《黄庭内景经》第一章:"琴心三叠舞胎仙。"梁丘子注:"琴,和也;叠,积也:存三丹田,使和积如一也。"
⑥ 玉京,天上山名。葛洪《枕中书》:"元始天王在天中心之上,名曰玉京山。山中宫殿,并金玉饰之。"
⑦ 汗漫,不可知之。
⑧ 九垓,谓九天之外。
⑨ 卢敖,燕人。秦始皇使求神仙,亡而不返。

早春寄王汉阳

　　闻道春还未相识，走傍寒梅访消息。昨夜东风入武昌，陌头杨柳黄金色。

　　碧水浩浩云茫茫，美人不来空断肠。预拂青山一片石，与君连日醉壶觞。

泾溪①东亭寄郑少府谔

我游东亭不见君,沙上行将白鹭群。白鹭闲时散飞去,又如雪点青山云。

欲往泾溪不辞远,龙门②蹙波虎眼转③。杜鹃花④开春已阑,归向陵阳钓鱼晚⑤。

---

① 泾溪,一名赏溪,在今安徽宣城市泾县西。泾,jīng。
② 龙门,山名,在今安徽黄山市黄山区西北四十里。
③ 虎眼转,谓水波旋转,有光相映,若虎眼之光。刘禹锡《浪淘沙》九首之三:"汴水东流虎眼文。"
④ 杜鹃,常绿灌木。夏日开红紫花,间有白色者。花冠为漏斗状,边缘五裂甚深。每于杜鹃啼时盛开,故名。
⑤ 陵阳,山名,在今安徽宣城市泾县西南一百三十里。昔陵阳令窦子明于泾溪侧钓鱼。一日钓得一白鱼,剖其腹,中乃有书,教子明服饵之术,子明遂得上升。溪环绕陵阳山足,今有仙坛。

梦游天姥^①吟留别

海客谈瀛洲^②，烟涛微茫信难求。越人语天姥，云霞明灭或可睹。

天姥连天向天横，势拔五岳掩赤城^③。天台^④四万八千丈，对此欲倒东南倾。

我欲因之梦吴越，一夜飞度镜湖月^⑤。湖月照我影，送我至剡溪^⑥。谢公^⑦宿处今尚在，渌水荡漾清猿啼。

---

① 天姥，山名，在今浙江绍兴市新昌县东五十里，东接天台山。姥，mǔ。
② 瀛洲，见142页注③。
③ 赤城，山名，在今浙江台州市北六里。
④ 天台山，在今浙江台州市北。
⑤ 镜湖，即鉴湖，在今浙江绍兴市南。
⑥ 见134页注①。
⑦ 谢公，谓谢灵运。《南史·谢灵运传》："谢灵运……移籍会稽，修营旧业，傍山带江，尽幽居之美，……寻山陟岭……常着木屐。"

李白诗

脚着谢公屐,身登青云梯①。半壁见海日,空中闻天鸡②。千岩万转路不定,迷花倚石忽已暝。熊咆③龙吟殷④岩泉,栗深林兮惊层巅。云青青兮欲雨,水澹澹兮生烟。列缺⑤霹雳,丘峦崩摧。洞天石扇,訇然⑥中开。青冥浩荡不见底,日月照耀金银台。霓为衣兮风为马,云之君兮纷纷而来下。虎鼓瑟兮鸾回车,仙之人兮列如麻。

忽魂悸以魄动,恍惊起而长嗟。唯觉时之枕席,失向来之烟霞。

世间行乐亦如此⑦,古来万事东流水。别君去兮何时还!且放白鹿青崖间,须行即骑访名山。安能摧眉折腰⑧事权贵,使我不得开心颜。

---

① 谢灵运《登石门最高顶》:"共登青云梯。"谓山岭高峻,如上入青云。
② 任昉《述异记》卷下:"东南有桃都山,上有大树曰桃都,枝相去三千里。日初出照此木,天鸡则鸣,天下之鸡皆随之鸣。"
③ 咆,páo,熊鸣。
④ 殷,雷发声。言如雷之震岩泉。
⑤ 列缺,天隙电光,阳气从云决裂而出,故曰列缺。扬雄《校猎赋》:"霹雳列缺,吐火施鞭。"
⑥ 訇然,见38页注②。
⑦ 亦如此,谓亦如梦游之觉。
⑧ 摧眉,低首;折腰,曲躬。

金陵酒肆留别

风吹柳花满店香,吴姬压酒唤客尝。金陵子弟来相送,欲行不行各尽觞。请君问取东流水:别意与之谁短长?

黄鹤楼送孟浩然①之广陵②

故人西辞黄鹤楼,烟花三月下扬州。孤帆远影碧山尽,唯见长江天际流。

---

① 孟浩然,与李白同时诗人,襄阳人。
② 广陵,唐郡名,故城在今江苏扬州市江都区东北。

南陵①别儿童入京

白酒新熟山中归,黄鸡啄黍秋正肥。呼童烹鸡酌白酒,儿女嬉笑牵人衣。高歌取醉欲自慰,起舞落日争光辉。

游说万乘苦不早,着鞭跨马涉远道。会稽愚妇轻买臣②,余亦辞家西入秦。仰天大笑出门去,我辈岂是蓬蒿人?

---

① 唐时南陵县,即今安徽芜湖市南陵县治。
② 朱买臣,汉会稽人。《汉书·朱买臣传》:"家贫,好读书,不治产业。常刈薪樵,卖以给食。担束薪,行且诵书,其妻亦负担相随,数止买臣毋歌讴道中,买臣愈益疾歌。妻羞之求去。买臣笑曰:'我年五十当富贵,今已四十余矣,汝苦日久,待我富贵报汝功。'妻恚怒曰:'如公等,终饿死沟中耳,何能富贵?'买臣不能留,即听去。"

金乡①送韦八之西京②

客自长安来,还归长安去。狂风吹我心,西挂咸阳③树。此情不可道,此别何时遇?望望不见君,连山起烟雾。

---

① 金乡,县名,唐属河南道兖州鲁郡,今属山东济宁市。
② 唐天宝以后,以凤翔郡为西京。
③ 咸阳,故城在今陕西西安市长安区东。

送裴十八图南归嵩山①二首

何处可为别？长安青绮门。胡姬招素手，延客醉金樽。临当上马时，我独与君言。风吹芳兰折，日没鸟雀喧。举手指飞鸿，此情难具论。同归无早晚，颍水有清源。

君思颍水绿，忽复归嵩岑。归时莫洗耳②，为我洗其心。洗心得真情，洗耳徒买名。谢公终一起，相与济苍生。③

---

① 嵩山，为五岳之一，在今河南登封市北。
② 颍水，为巢父洗耳处。
③ 谢公，谓谢安。谢安隐东山时，人每相语曰："安石不出，当如苍生何！"（《资治通鉴》卷一百一《晋纪二十三》）

送别

寻阳五溪水①,沿洄②直入巫山③里。胜境由来人共传,君到南中自称美。

送君别有八月秋,飒飒芦花复益愁。云帆望远不相见,日暮长江空自流。

---

① 五溪,有三说:杨齐贤以为是武陵五溪,萧士赟谓巫峡五溪,王琦谓池州青阳县之五溪,而疑"寻阳"为"青阳"之误。
② 沿,谓顺水而下;洄,谓逆水而上。
③ 巫山,在今重庆巫山县东。

送萧三十一之鲁中兼问稚子伯禽①

六月南风吹白沙②,吴牛喘月③气成霞。水国郁蒸④不可处,时炎道远无行车⑤。

夫子如何涉江路,云帆袅袅金陵去?高堂倚门望伯鱼⑥,鲁中正是趋庭处。我家寄在沙丘傍⑦,三年不归空断肠。君行既识伯禽子,应驾小车骑白羊⑧。

---

① 参看《寄东鲁二稚子》。
② 晋惠帝元康中,京洛童谣曰:"南风起,吹白沙,遥望鲁国何嵯峨,千岁髑髅生齿牙。"
③ 应劭《风俗通》:"吴牛望月而喘,言使之苦于日,是故见月而喘。"按此处形容天暑。
④ 郁蒸,气蒸。傅玄《苦热》:"呼吸气郁蒸。"
⑤ 程晓《嘲热客》:"平生三伏时,道路无行车。"
⑥ 伯鱼,孔子子之字,名鲤。
⑦ 见153页注②。
⑧ 卫玠年少时,乘白羊车于洛阳市上,咸曰:"谁家璧人?"(《晋书·卫玠传》)

送杨山人归嵩山

　　我有万古宅,嵩阳玉女峰①。长留一片月,挂在东溪松。尔去掇仙草,菖蒲②花紫茸③。岁晚或相访,青天骑白龙④。

---

① 玉女峰,为嵩山二十四峰之一,峰北有石如女子,故名。
② 葛洪《神仙传》卷十:"忽见仙人,……(汉)武帝礼而问之。仙人曰:'吾九疑仙人也。闻中岳有石,上菖蒲一寸九节,服之可以长生,故来采之。'言讫,忽然不见。"
③ 葛洪《抱朴子·仙药》:"菖蒲须得生石上一寸九节以上,紫花者尤善。"谢灵运《于南山往北山经湖中瞻眺》:"新蒲含紫茸。"茸,蒲花。
④ 神仙家言,凡人仙去,辄乘白龙。葛洪《神仙传》:"太真夫人名婉罗,与马明生居,所往常有白龙迎之。"

送友人

青山横北郭,白水绕东城。此地一为别,孤蓬①万里征。浮云游子意,落日故人情。挥手自兹去,萧萧班马鸣②。

---

① 孤蓬,喻飘流无定之意。
② 《诗·小雅·车攻》:"萧萧马鸣。"《左传·襄公十八年》:"有班马之声。"杜预注:"班,别也。"

宣州谢朓楼饯别校书叔云①

弃我去者,昨日之日不可留;乱我心者,今日之日多烦忧。长风万里送秋雁,对此可以酣高楼。

蓬莱文章②建安骨③,中间小谢④又清发。俱怀逸兴壮思飞,欲上青天览明月。

抽刀断水水更流,举杯消愁愁更愁。人生在世不称意,明朝散发弄扁舟⑤。

---

① 南北朝时南齐谢朓为宣城(唐郡,今安徽宣城市宣州区)太守,郡治后有高斋,本名叠嶂楼,唐咸通间改名谢朓楼。
② 蓬莱文章,言文章赡富。蓬莱,神山,为仙府,幽经秘录,并皆在焉,故云。
③ 东汉建安之末,有孔融、王粲、陈琳、徐幹、刘桢、应场、阮瑀,及曹氏父子所作之诗,世谓之"建安体",风骨遒上,最饶古气。
④ 小谢,谓南朝宋谢灵运堂弟惠连。钟嵘《诗品》卷中谓"小谢才思富捷",即指惠连。
⑤ 见30页注⑨。

山中问答

问余何意栖碧山,笑而不答心自闲。桃花流水窅然①去,别有天地非人间。

---

① 窅然,犹冥然。窅,yǎo。

以诗代书答元丹丘

青鸟①海上来,今朝发何处?口衔云锦字,与我忽飞去②。

鸟去凌紫烟,书留绮窗③前。开缄方一笑,乃是故人传。

故人深相勖④,忆我劳心曲⑤。离居在咸阳,三见秦草绿。

置书双袂间,引领不暂闲。长望杳难见,浮云横远山。

---

① 青鸟为西王母之使,故称传书人为青鸟使。
② 言以书与我,遽飞去。
③ 绮窗,谓窗雕画若绮。
④ 勖,xù,勉。
⑤ 心曲,心绪。

答王十二寒夜独酌有怀

昨夜吴中雪,子猷佳兴发①。万里浮云卷碧山,青天中道流孤月。

孤月沧浪②河汉清,北斗错落长庚明③。怀余对酒夜霜白,玉床金井④冰峥嵘。

人生飘忽百年内,且须酣畅万古情。

君不能狸膏金距学斗鸡⑤,坐令鼻息吹虹霓。君

---

① 王子猷事,见149页注⑤。
② 沧浪,犹沧凉、寒冷之意。
③ 长庚,星名,即金星。
④ 床,井栏。玉床金井,言其美丽之饰如玉如金。
⑤ 狸膏,谓斗鸡时以狸膏其头,以狸能捕鸡,异鸡闻狸之气则畏而走。金距,施金色于鸡距。欧阳询《艺文类聚》卷九十一:"羊沟之鸡,……非良鸡也。然而数以胜人者,以狸膏涂其头。"《左传·昭公二十五年》:"季、郈之鸡斗,季氏介其鸡,郈氏为之金距。"参看32页注③。

不能学哥舒横行青海夜带刀①,西屠石堡取紫袍②。吟诗作赋北窗里,万言不值一杯水。世人闻此皆掉头,有如东风射马耳。

鱼目亦笑我,谓与明月同。③骅骝拳跼④不能食,蹇驴⑤得志鸣春风。《折杨》《黄花》⑥合流俗,晋君听琴枉《清角》⑦。《巴人》谁肯和《阳春》⑧?

---

① 《旧唐书·哥舒翰传》:"哥舒翰天宝七载筑神威军于青海上。"《太平广记》卷四百九十五:"哥舒翰为安西节度,控地数千里,甚著威令,故西鄙人歌之曰:'北斗七星高,哥舒夜带刀。吐蕃总杀尽,更筑两重濠。'"
② 石堡城,在今青海西宁市湟源县日月乡石城山,唐时为吐蕃要险。天宝八载,玄宗使哥舒翰攻石堡城,不旬日而拔之。上录其功,拜特进、鸿胪员外卿,加摄御史大夫。
③ 鱼目,言似珠而实非珠;明月,明月珠。张协《杂诗》十首之五:"鱼目笑明月。"
④ 骅骝,良马,言色如华而赤。拳跼,同"蜷局",诘屈不行貌,又不伸。
⑤ 蹇驴,跛驴。
⑥ 《折杨》《黄花》,皆古歌曲名。《庄子·天地》:"《大声》不入里耳,《折杨》《黄花》,则嗑然而笑。"
⑦ 晋平公问师旷:"音莫悲于清徵乎?"师旷曰:"不如清角。"……公曰:"寡人……愿听之。"师旷不得已而鼓之。一奏之,有玄云从西北方起;再奏之,大风起,大雨随之。裂帷幕,破俎豆,堕廊瓦,坐者散走。平公恐惧,伏于廊室之间。晋国大旱,赤地三年。(《韩非子·十过》)
⑧ 宋玉《对楚王问》:"客有歌于郢中者,其始曰《下里巴人》,国中属而和者数千人……其为《阳春白雪》,国中属而和者数十人而已。……"

答王十二寒夜独酌有怀

楚地犹来贱奇璞①。黄金散尽交不成，白首为儒身被轻。一谈一笑失颜色，苍蝇贝锦②喧谤声。曾参岂是杀人者？谗言三及慈母惊③。

与君论心握君手，荣辱于余亦何有？孔圣犹闻伤凤麟④，董龙更是何鸡狗⑤？一生傲岸⑥苦不谐，恩疏媒劳志多乖。严陵高揖汉天子⑦，何必长剑拄颐⑧

---

① 楚人和氏得玉璞楚山中，奉而献之厉王。厉王使玉人相之。玉人曰："石也。"王以和为诳，而刖其左足。（《韩非子·和氏》）
② 苍蝇，即青蝇；贝锦，谓锦文如水中介虫。并喻谗言诽谤者。《诗·小雅·青蝇》："营营青蝇，止于樊：岂弟（kǎi tì）君子，无信谗言。"又《巷伯》："萋兮斐兮，成是贝锦：彼谮人者，亦已大甚！"
③ 昔者，曾参之处郑，人有与曾参同名姓者杀人。人告其母曰："曾参杀人。"其母织自若也。顷然，一又来告之，其母曰："吾子不杀人。"有顷，一人又来告，其母投杼下机，逾墙而走。夫以曾参之贤与其母信之也，然三人疑之，其母信焉。（刘向《新序》卷二）
④ 孔子尝叹凤鸟之不至，悲西狩之获麟。
⑤ 董龙，董荣小字。崔鸿《十六国春秋·前秦录·王堕》："（王）堕性刚峻疾恶，雅好直言。右仆射董荣、侍中强国等，皆以佞幸进。疾之如仇，每于朝见之际，略不与言。人或谓之曰：'董尚书贵幸一时无比，公宜小降意接之。'堕曰：'董龙是何鸡狗，而令国士与之言乎？'荣闻而惭恨。"
⑥ 傲岸，言高傲不和于物。
⑦ 见158页注③。
⑧ 刘向《说苑·指武》："大冠若箕，长剑拄颐。"言剑之长上可及颐。

事玉阶。达亦不足贵，穷亦不足悲。韩信羞将绛灌比①，祢衡耻逐屠沽儿②。

君不见李北海，英风豪气今何在③？君不见裴尚书，土坟三尺蒿棘居④。少年早欲五湖去，见此弥将钟鼎疏。

---

① 绛、灌，谓绛侯周勃及灌婴。《史记·淮阴侯列传》："韩信为淮阴侯，居常鞅鞅，羞与绛、灌等列。"
② 《后汉书·祢衡传》："祢衡来游许下。是时，许都新建，贤士大夫四方来集。或问衡曰：'盍从陈长文、司马伯达乎？'对曰：'吾焉能从屠沽儿耶？'"
③ 唐李邕，为北海太守，豪放不治细行，卒以罪杖死。
④ 王琦说：裴尚书，指裴敦复。玄宗时，敦复为刑部尚书，后与李邕皆坐柳勣事，同时杖死。

醉后答丁十八以诗讥予捶碎黄鹤楼[①]

黄鹤[②]高楼已捶碎,黄鹤仙人无所依。黄鹤上天诉玉帝,却放黄鹤江南归。神明太守[③]再雕饰,新图粉壁还芳菲。一州笑我为狂客,少年往往来相讥。君平[④]帘下谁家子?云是辽东丁令威[⑤]。作诗调我惊逸兴,白云绕笔窗前飞。待取明朝酒醒罢,与君烂漫寻春晖。

---

① 李白《江夏赠韦南陵冰》有"我且为君捶碎黄鹤楼"句。
② 黄鹤楼见118页注③。
③ 汉黄霸为颍川太守,吏民咸称神明。
④ 汉严君平卜筮于成都市,得百钱,足自养,则闭肆下帘,而授《老子》。
⑤ 陶潜《搜神后记》:"丁令威,本辽东人,学道于灵墟山。"

东鲁门泛舟二首[①]

其一

日落沙明天倒开,波摇石动水萦回。轻舟泛月寻溪转,疑是山阴雪后来[②]。

其二

水作青龙盘石堤,桃花夹岸鲁门西。若教月下乘舟去,何啻风流到剡溪[③]。

---

① 《一统志》卷二十三:"东鲁门在兖州府(今山东济宁市兖州区)城东。"
② 晋王徽之(子猷)尝居山阴,夜雪初霁,月色清朗,忽忆戴逵。逵时在剡,便夜乘小船诣之。
③ 剡溪,见上注,并参看134页注①。

游太山六首

其一

四月上太山,石平御道开①。六龙②过万壑,涧谷随萦回。马迹绕碧峰,于今满青苔。飞流洒绝巘③,水急松声哀。北眺崿嶂奇④,倾崖向东摧。洞门闭石扇,地底兴云雷。登高望蓬瀛,想象金银台。天门⑤一长啸,万里清风来。玉女四五人,飘飖下九垓⑥。含笑引素手,遗我流霞杯⑦。稽首再拜之,自

---

① 唐玄宗尝于开元十三年东封泰(太)山,故其上有御道。
② 天子所御,驾六,故曰六龙。
③ 绝巘,高峰。张协《七命》:"发绝巘,溯长风。"
④ 崿嶂,犹岩嶂。鲍照《自砺山东望震泽》:"合沓崿嶂云。"
⑤ 泰山上有东南西三天门,至绝顶四十余里。
⑥ 九垓,九天。
⑦ 项曼都入山学仙,十年而归家,曰:"仙人以流霞一杯与我,饮之辄不饥渴。"(葛洪《抱朴子·祛惑》)

愧非仙才。旷然小宇宙，弃世何悠哉！

其二

清晓骑白鹿，直上天门山。山际逢羽人①，方瞳②好容颜。扪萝欲就语，却掩青云关。遗我鸟迹书③，飘然落岩间。其字乃上古，读之了不闲④。感此三叹息，从师方未还。

其三

平明登日观⑤，举手开云关⑥。精神四飞扬，如出天地间。黄河从西来，窈窕⑦入远山。凭崖览八极，目尽长空闲。偶然值青童，绿发双云鬟。笑我晚学仙，蹉跎凋朱颜。踌躇忽不见，浩荡难追攀。

---

① 羽人，谓人得道，身生羽毛。(《楚辞·远游》王逸注)
② 仙人目瞳正方，故曰方瞳。(葛洪《抱朴子·祛惑》)《神仙传·李根》："《仙经》云：八百岁人，瞳子方也。"
③ 徐幹《中论·治学》云："仓颉视鸟迹而作书。"
④ 闲，习见。
⑤ 泰山东南山顶，名曰日观。鸡一鸣时，见日始欲出，长三丈许，故以名焉。(郦道元《水经注·汶水》引应劭《汉官仪》)
⑥ 云关，谓云气拥蔽如门关。
⑦ 窈窕，深远貌。

其四

清斋三千日,裂素写道经。吟诵有所得,众神卫我形。云行信长风,飒若羽翼生。攀崖上日观,伏槛窥东溟①。海色②动远山,天鸡③已先鸣。银台出倒景④,白浪翻长鲸。安得不死药,高飞向蓬瀛⑤。

其五

日观东北倾,两崖夹双石。海水落眼前,天光遥空碧。千峰争攒聚,万壑绝凌历。缅⑥彼鹤上仙,去无云中迹。长松入霄汉,远望不盈尺。山花异人间,五月雪中白⑦。终当遇安期⑧,于此炼玉液。

---

① 东溟,东海。
② 海色,见29页注③。
③ 天鸡,见164页注②。
④ 倒景,谓以山临水而景倒。
⑤ 蓬莱、瀛洲在渤海中,有不死药,金银为宫阙。
⑥ 缅,思。
⑦ 陆启浤《岁华记》云:"泰山冬夏有雪。"
⑧ 安期生,古之仙人。

其六

朝饮王母池①,暝投天门关。独抱绿绮琴②,夜行青山间。山明月露白,夜静松风歇。仙人游碧峰,处处笙歌发。寂静娱清辉,玉真连翠微。想像鸾凤舞,飘飖龙虎衣。扪天摘匏瓜③,恍惚不忆归。举手弄清浅,误攀织女机④。明晨坐相失,但见五云⑤飞。

---

① 王母池,在泰山下之东麓,一名瑶池。
② 绿绮,琴名。张载《拟四愁诗》:"美人遗我绿绮琴。"
③ 匏瓜,宿名,凡五星。
④ 织女,星名,凡三星,在银河北。
⑤ 五云,五色云。

下终南山①过斛斯山人宿置酒

暮从碧山下，山月随人归。却顾所来径，苍苍横翠微②。相携及田家，童稚开荆扉③。绿竹入幽径，青萝拂行衣。欢言得所憩，美酒聊共挥。长歌吟松风，曲尽河星稀。我醉君复乐，陶然共忘机。

① 终南山主山在今陕西西安市南。
② 翠微，山岭之色。
③ 荆扉，以荆为门扉。

把酒问月①

青天有月来几时？我今停杯一问之。人攀明月不可得，月行却与人相随。

皎如飞镜临丹阙，绿烟灭尽清辉发。但见宵从海上来，宁知晓向云间没。

白兔捣药②秋复春，姮娥孤栖③与谁邻？今人不见古时月，今月曾经照古人。古人今人若流水，共看明月皆如此。唯愿当歌对酒时④，月光长照金樽里。

---

① 原注：故人贾淳令余问之。
② 见76页注③。
③ 姮娥，羿妻。羿烧仙药，药成，其妻姮娥窃而食之，遂奔入月中。（李冗《独异志》卷上）
④ 曹操《短歌行》："对酒当歌，人生几何？"

陪族叔刑部侍郎晔及中书贾舍人至游洞庭五首

其一

洞庭西望楚江分①,水尽南天不见云。日落长沙②秋色远,不知何处吊湘君③。

其二

南湖秋水夜无烟,耐可乘流直上天。且就洞庭赊月色,将船买酒白云边。

---

① 洞庭湖,在今湖南境。楚江,谓长江上流,由湖北西南流至岳阳楼前,与洞庭水合而东行。
② 长沙,在洞庭上流三百余里。
③ 湘君,尧女舜妻。舜之二妃娥皇、女英,死于江湘之间,俗谓之湘君。

其三

洛阳才子谪湘川[1],元礼同舟月下仙[2]。记得长安还欲笑[3],不知何处是西天。

其四

洞庭湖西秋月辉,潇湘江北早鸿飞。醉客满船歌《白纻》[4],不知霜露入秋衣。

其五

帝子[5]潇湘去不还,空余秋草洞庭间。淡扫明湖开玉镜,丹青画出是君山[6]。

---

[1] 潘岳《西征赋》:"贾生,洛阳之才子。"谓贾谊。贾至亦河南洛阳人,故以谊比之。
[2] 后汉李膺,字元礼,尝与郭泰同舟而济。此以拟李晔。
[3] 桓谭《新论》:"人闻长安乐,出门向西笑。"时李晔、贾至俱谪官,故用此语。
[4] 《白纻》,曲名,见78页注①。
[5] 帝子,谓尧女舜妃娥皇、女英。二妃随舜不反,堕于湘水之渚。
[6] 君山,在洞庭湖之北部,昔二妃居于此,号曰湘君,故名君山。一说,昔秦始皇欲入湖观衡山,遇风浪至此山上泊,因号焉。

九月十日即事

　　昨日登高罢,今朝更举觞。菊花何太苦,遭此两重阳①?

---

① 吕原明《岁时杂记》:"都城重九后一日宴赏,号小重阳。"菊以两遇宴饮,两遭采掇,故云。

登金陵凤凰台①

凤凰台上凤凰游,凤去台空江自流。吴宫②花草埋幽径,晋代衣冠成古丘。三山③半落青天外,二水中分白鹭洲④。总为浮云能蔽日,长安不见使人愁。

---

① 《江南通志》卷十一:"凤凰台在江宁府(今江苏南京市)城内之西南隅,犹有陂陀,尚可登览。宋元嘉十六年,有三鸟翔集山间,文彩五色,状如孔雀,音声谐和,众鸟群附,时人谓之凤凰;起台于山,谓之凤凰台。"
② 吴宫,谓三国时孙权所造宫室。
③ 周应合《建康志》卷十七:"三山,在城西南五十七里,周回四里,高二十九丈。"《舆地志》云:"其山积石森郁,滨于大江,三峰排列,南北相连,故号三山。"
④ 白鹭洲,在秦淮河口。史正志《二水亭记》云:"秦淮源出句容、溧水两山间,自方山合流至建业,贯城中而西,以达于江,有洲横截其间,李太白所谓'二水中分白鹭洲'是也。"

望庐山瀑布二首①

其一

西登香炉峰②,南见瀑布水。挂流三百丈,喷壑数十里。欻如飞电来,隐若白虹起。初惊河汉落,半洒云天里。仰观势转雄,壮哉造化功!海风吹不断,江月照还空。空中乱潨③射,左右洗青壁。飞珠散轻霞,流沫沸穹石。而我乐名山,对之心益闲;无论漱琼液,且得洗尘颜。且谐宿所好,永愿辞人间。

---

① 参看159页注①。
② 见159页注⑤。
③ 潨,cóng,大水分出之小水。

其二

日照香炉生紫烟,遥看瀑布挂长川。飞流直下三千尺,疑是银河落九天。

望庐山五老峰[①]

庐山东南五老峰,青天削出金芙蓉[②]。九江[③]秀色可揽结,吾将此地巢云松。

---

① 见159页注④。
② 芙蓉,莲花,山峰秀丽可以比之;其色黄,故曰金芙蓉。
③ 九江,见160页注①。

鹦鹉洲①

鹦鹉来过吴江水②,江上洲传鹦鹉名。鹦鹉西飞陇山③去,芳洲④之树何青青!烟开兰叶香风暖,岸夹桃花锦浪生⑤。迁客此时徒极目,长洲孤月向谁明?

---

① 《资治通鉴》胡三省注云:"鹦鹉洲在江夏(今湖北武汉市武昌区西南)江中。(三国时)祢衡作《鹦鹉赋》于此洲,因以为名。"王琦云:"鹦鹉洲……尾亘黄鹄矶,明季为水冲没,遂不可见。"
② 卢照邻《五悲》之二《悲穷通》:"凤凰楼上陇山云,鹦鹉洲前吴江水。"
③ 陇山在今陕西陇县境。
④ 芳洲,芳草丛生水中之处。《楚辞·九歌·湘君》:"采芳洲兮杜若。"
⑤ 锦浪,谓浪文如锦。梁简文帝《蜀国弦歌篇十韵》:"脱衫湔锦浪,回扇避阳乌。"

挂席①江上待月有怀

待月月未出,望江江自流。倏忽城西郭,青天悬玉钩。素华虽可揽,清景不同游。耿耿金波里,空瞻鳷鹊楼②。

---

① 见125页注②。
② 谢朓《暂使下都夜发新林至京邑赠西府同僚》:"金波丽鳷鹊。"刘良注:"金波,月也;鳷鹊,馆名。"鳷,zhī。

秋登宣城谢朓北楼①

　　江城如画里,山晚望晴空。两水夹明镜,双桥落彩虹。②人烟寒橘柚,秋色老梧桐。谁念北楼上,临风怀谢公。

---

① 《江南通志》:"陵阳山在宁国府城南,冈峦盘屈,三峰秀拔,为一郡之镇,上有楼即谢朓北楼。"按宁国府旧治,即今安徽宣城市宣州区。参看174页注①。
② 两水,指宛溪、句溪,绕城合流。双桥,一名凤凰,一名济川,并隋开皇中建。见《宣州图经》。

望天门山①

天门中断楚江开,碧水东流至此回②。两岸青山相对出,孤帆一片日边来。

---

① 天门山,在今安徽当涂县西南二十里,二山夹大江对峙,东曰博望,西曰梁山。参看130页注③。
② "至此",一本作"至北",一本作"直北"。今从清毛奇龄说改。

望木瓜山①

早起见日出,暮看栖鸟还。客心自酸楚,况对木瓜山?②

---

① 据《一统志》卷六十四:木瓜山在常德府(今湖南常德市鼎城区为其旧治)城东七里。
② 《一统志》卷六十四谓李白谪夜郎过木瓜山作此诗,故有"客心自酸楚"句。

登敬亭①北二小山余时送客②逢崔侍御并登此地

送客谢亭北③,逢君纵酒还。屈盘④戏白马,大笑上青山。回鞭指长安,西日落秦关。帝乡三千里,杳在碧云间。

---

① 敬亭山在今安徽宣城市北。见《一统志》卷十五。
② "送"字从王琦说增。
③ 谢亭,即谢公亭,在今安徽宣城市北敬亭山上,谢朓送范云之零陵处。(《一统志》卷十五)
④ 屈盘,回旋。

客中作

兰陵①美酒郁金香②,玉碗盛来琥珀光。但使主人能醉客,不知何处是他乡。

---

① 兰陵,战国楚邑,故城在今山东枣庄市东。
② 郁金香,草名。陈敬《香谱》卷一引《魏略》:"郁金香生大秦国,二三月花,如红蓝,四五月采之。其香十二叶,为百草之英。"

奔亡道中五首

其一

苏武天山上[1],田横海岛边[2]。万重关塞断,何日是归年?

其二

亭伯去安在[3],李陵降未归[4]。愁容变海色,短服

---

[1] 苏武,字子卿。汉武帝时使匈奴,被留。居海上,啮雪吞毡,仗节牧羝十九年得还。天山,即雪山,在新疆境内。刘删《赋得苏武》:"食雪天山近,思归海路长。"
[2] 《史记·田儋列传》:"汉王立为皇帝,田横惧诛,与其徒属五百余人入海,居岛中。"
[3] 后汉崔骃,字亭伯,为窦宪主簿,出为长岑长,自以远去,不得意,遂不之官。
[4] 汉李陵败降匈奴,遂胡服椎结。

改胡衣①。

其三

谈笑三军却②,交游七贵疏③。仍留一只箭,未射鲁连书④。

其四

函谷如玉关⑤,几时可生还?洛阳为易水⑥,嵩岳是燕山⑦。俗变羌⑧胡语,人多沙塞颜。申包惟恸哭,

---

① 沈括《梦溪笔谈》卷一:"窄袖、短衣、长靿靴,皆胡服也。"
② 用鲁仲连却秦军事。左思《咏史》八首之三:"吾慕鲁仲连,谈笑却秦军。"
③ 潘岳《西征赋》:"窥七贵于汉庭。"李善注:"七贵,谓汉庭吕、霍、上官、赵、丁、傅、王也。"按七姓皆汉时外戚而贵者。
④ 《战国策·齐策六》:"燕将攻聊城,人或谗之,燕将惧诛,遂保守聊城,不敢归。田单攻之岁余,士卒多死,而聊城不下。鲁连乃为书约之,矢以射城中遗燕将,燕将因罢兵倒韣而去。故解齐国之危,救百姓之死,仲连之说也。"
⑤ 函谷关,在今河南;玉门关,在今甘肃。今函谷以西皆陷于胡,则函谷如玉关矣。
⑥ 洛川,即洛水,在今河南境,是中州之水;易水,在今河北境,在昔为边疆之水。中州陷没,故洛水为易水矣。
⑦ 嵩岳为中岳;燕山在今天津市蓟州区东南,在昔邻胡。胡人既入中都,则嵩岳是燕山矣。
⑧ 羌,西戎种族名。

七日鬓毛斑。①

其五

　　淼淼②望湖水，青青芦叶齐。归心落何处？日没大江西。歇马傍春草，欲行远道迷。谁忍子规鸟③，连声向我啼？

---

① 申包，即申包胥，春秋时楚人。吴入郢，昭王在随，申包胥如秦乞师。立依于庭墙而哭，日夜不绝声，勺饮不入口。七日，秦乃出师。
② 淼，miǎo。淼淼，大水貌。
③ 子规，即杜鹃，鸣声哀苦，若云："不如归去！"

早发白帝城①

朝辞白帝彩云间,千里江陵一日还。两岸猿声啼不尽,轻舟已过万重山。②

---

① 白帝城在今重庆奉节县境,与巫山相近;所谓彩云,即指巫山之云。相传白帝城为后汉时公孙述所筑。初,公孙述至鱼复(故城在今重庆奉节县东北),有白龙出井中,自以承汉土运,故称白帝,改鱼复为白帝城。
② 郦道元《水经注·江水》:"自三峡七百里中,两岸连山,略无阙处,重岩叠嶂,隐天蔽日。……王命急宣,有时朝发白帝,暮宿江陵(今湖北荆州市江陵县),其间千二百里,虽乘奔御风,不加疾也。每至晴初霜旦,林寒涧肃,常有高猿长啸,属引凄异,空谷传响,哀转久绝。"

秋下荆门①

霜落荆门江树空,布帆无恙挂秋风②。此行不为鲈鱼鲙③,自爱名山入剡中④。

---

① 荆门,唐县,今湖北荆门市。
② 晋顾恺之为殷仲堪参军,仲堪在荆州,恺之尝因假还。仲堪特以布帆借之,至破冢,遭风船败,恺之与仲堪笺曰:"地名破冢,直破冢而出;行人安稳,布帆无恙。"(《晋书·顾恺之传》)
③ 见55页注⑤。
④ 剡中多名山水。见134页注①。

夜泊黄山①闻殷十四吴吟

昨夜谁为吴会②吟?风生万壑振空林。龙惊不敢水中卧,猿啸时闻岩下音。我宿黄山碧溪月,听之却罢松间琴。

朝来果是沧洲逸,酤酒提盘饭霜栗。半酣更发江海声,客愁顿向杯中失。

---

① 黄山,在安徽黄山市歙县西北,跨黄山市黄山区。
② 吴会,吴地。

西施

西施越溪女,出自苎萝山[1]。秀色掩今古,荷花羞玉颜。浣纱弄碧水,自与清波闲。皓齿信难开,沉吟碧云间。勾践征绝艳,扬蛾入吴关。提携馆娃宫[2],杳渺讵可攀?一破夫差国,千秋竟不还[3]!

---

[1] 春秋时,越王勾践索美女以献吴王夫差,得之苎萝山卖薪女,名西施。苎萝山在今浙江诸暨市南,下山有水曰浣浦,相传西施浣纱于此。

[2] 馆娃宫,西施所居之宫。吴人呼西施作"娃",故名"馆娃"。在今江苏苏州市吴中区西南灵岩山上。

[3] 吴亡,西施复归范蠡,从游五湖;一说:吴亡,沉西施于江。不知孰是。

苏台览古[①]

旧苑荒台杨柳新,菱歌清唱不胜春。只今唯有西江月,曾照吴王宫里人。

---

① 苏台,即姑苏台,春秋时吴王阖闾所造,故址在今江苏苏州市吴中区西南。参看42页注②。

越中览古

越王勾践破吴归,义士还家尽锦衣。宫女如花满春殿,只今唯有鹧鸪飞①。

---

① 见143页注③。

庐江①主人妇

　　孔雀东飞何处栖？庐江小吏仲卿妻②。为客裁缝君自见，城乌独宿夜空啼。

---

① 庐江，汉郡名，故城在今安徽合肥市庐江县西。
② 古乐府有《孔雀东南飞》，不知谁作，其序云："汉末建安中，庐江小吏焦仲卿妻刘氏，为仲卿母所遣，自誓不嫁。其家逼之，乃投水而死，仲卿闻之，亦自缢于庭树。时人伤之为诗云尔，即以首句名其篇。"

夜泊牛渚怀古[①]

牛渚西江夜,青天无片云。登舟望秋月,空忆谢将军。余亦能高咏,斯人不可闻。明朝挂帆席[②],枫叶落纷纷。

[①] 原注:"此地即谢尚闻袁宏咏史处。"乐史《太平寰宇记》卷一百五:"牛渚山在太平州当涂县(今安徽马鞍山市当涂县)北三十五里,突出江中,谓为牛渚矶,古津渡处也。"《淮南记》:"吴初以周瑜屯牛渚。晋镇西将军谢尚亦镇此城。袁宏时寄运船泊牛渚。尚乘月泛江,闻运船中讽咏,遣问之,即宏诵其自作咏史诗,于是大相叹赏。"
[②] 帆,或以席为之,因似悬挂的席子,故曰帆席。

鲁中都①东楼醉起作

昨日东楼醉,还应倒接䍦②。阿谁扶上马,不省下楼时。

---

① 中都,唐县,本名东平陆县,故城在今山东汶上县西北。
② 见115页注②。

月下独酌四首

其一

花间一壶酒,独酌无相亲。举杯邀明月,对影成三人。月既不解饮,影徒随我身。暂伴月将影,行乐须及春。我歌月徘徊,我舞影零乱。醒时同交欢,醉后各分散。永结无情游,相期邈云汉。

其二

天若不爱酒,酒星不在天;地若不爱酒,地应无酒泉。① 天地既爱酒,爱酒不愧天。已闻清比圣,

---

① 孔融《与曹操论酒禁书》:"天垂酒星之曜,地列酒泉之郡。"《晋书·天文志上》:"轩辕右角南三星曰酒旗,酒官之旗也:主宴享酒食。"《汉书·地理志下》:"酒泉郡,武帝太初元年开。"应劭注:"其水若酒,故曰酒泉也。"汉酒泉郡故城在今甘肃酒泉市东北。

复道浊如贤。^①贤圣既已饮，何必求神仙？三杯通大道，一斗合自然。但得酒中趣，勿为醒者传。

其三

三月咸阳城，千花昼如锦。谁能春独愁，对此径须饮。穷通与修短，造化夙所禀。一樽齐死生，万事固难审。醉后失天地，兀然就孤枕。不知有吾身，此乐最为甚。

其四

穷愁千万端，美酒三百杯。愁多酒虽少，酒倾愁不来。所以知酒圣，酒酣心自开。辞粟卧首阳，屡空饥颜回。当代不乐饮，虚名安用哉！蟹螯^②即金液，糟丘^③是蓬莱。且须饮美酒，乘月醉高台。

---

① 《三国志·魏志·徐邈传》："邈私饮至于沉醉。……太祖甚怒。度辽将军鲜于辅进曰：'平日，醉客谓酒清者为圣人，浊者为贤人。邈性修慎，偶醉言耳。'竟坐得免刑。"
② 晋毕卓尝谓人曰："得酒满数百斛船，四时甘味置两头；右手持酒杯，左手持蟹螯，拍浮酒船中，便足了一生矣。"(《晋书·毕卓传》)
③ 见116页注④。

冬夜醉宿龙门①觉起言志

醉来脱宝剑,旅憩高堂眠。中夜忽惊觉,起立明灯前。

开轩聊直望,晓雪河冰壮。哀哀歌《苦寒》②,郁郁独惆怅。

傅说板筑臣③,李斯鹰犬人④;欻起匡社稷,宁复长艰辛?

而我胡为者,叹息龙门下?富贵未可期,殷忧向谁写⑤?

---

① 见162页注②。
② 古乐府有《苦寒行》,因役遇寒而作。
③ 傅说,殷高宗贤相。初版筑于傅岩之野,高宗举以为相。
④ 见55页注④。
⑤ 写,同"泻"。《诗·卫风·竹竿》:"驾言出游,以写我忧。"

去去泪满襟，举声《梁甫吟》①。青云当自致②，何必求知音。

---

① 见37页注①。
② 《史记·范雎列传》："不意君能自致于青云之上！"

待酒不至

玉壶系青丝,沽酒来何迟?山花向我笑,正好衔杯时。晚酌东窗下,流莺复在兹。春风与醉客,今日乃相宜。

独酌

春草如有意，罗生玉堂阴。东风吹愁来，白发坐相侵。独酌劝孤影，闲歌面芳林。长松尔何知，萧瑟为谁吟？手舞石上月，膝横花间琴。过此一壶外，悠悠非我心。

友人会宿

涤荡千古愁,留连百壶饮。良宵宜清谈,皓月未能寝。醉来卧空山,天地即衾枕。

青溪半夜闻笛[①]

羌笛《梅花引》[②],吴溪陇水清[③]。寒山秋浦月,肠断玉关情。

---

① 见132页注⑤。
② 羌笛,长一尺四寸,汉武帝时丘仲所作,因出于羌中,故名。《梅花引》即《梅花落》,曲名,见前。
③ 见102页注②。

日夕山①中忽然有怀

久卧名山云,遂为名山客。山深云更好,赏弄终日夕。月衔楼间峰,泉漱阶下石。素心自此得,真趣非外借②。鼯③啼桂方秋,风灭籁④归寂。缅思洪崖术⑤,欲往沧海隔。云车来何迟?抚几空叹息。

---

① 原注谓庐山。
② 借,jī。
③ 鼯,wú,鼠属,栖深山中,能飞行树上。
④ 风吹万物有声曰籁。籁,lài。
⑤ 洪崖,仙人名。葛洪《神仙传》卷二:卫叔卿与数人博戏,其子度世曰:"是谁也?"叔卿曰:"洪崖先生。"

夏日山中

懒摇白羽扇,裸袒青林中。脱巾挂石壁,露顶洒松风。

山中与幽人对酌

两人对酌山花开,一杯一杯复一杯。我醉欲眠卿且去①,明朝有意抱琴来。

---

① 陶潜性嗜酒;贵贱造之者,有酒辄设。潜若先醉,便语客:"我醉欲眠,卿可去。"(《宋书·陶潜传》)

春日醉起言志

处世若大梦，胡为劳其生？所以终日醉，颓然卧前楹。觉来眄庭前，一鸟花间鸣。借问此何时？春风语流莺。感之欲叹息，对酒还自倾。浩歌待明月，曲尽已忘情。

与史郎中饮听黄鹤楼上吹笛

一为迁客去长沙,西望长安不见家。黄鹤楼中吹玉笛,江城五月落梅花①。

---

① 江城谓江夏城;《梅花落》本笛曲名,此处活用。

对酒

　　劝君莫拒杯，春风笑人来。桃李如旧识，倾花向我开。流莺啼碧树，明月窥金罍。昨来朱颜子，今日白发催。棘生石虎殿①，鹿走姑苏台②。自古帝王宅，城阙闭黄埃。君若不饮酒，昔人安在哉！

---

① 后赵石虎飨群臣于太武前殿，佛图澄殿上褰衣而行，吟曰："殿乎，殿乎！棘子成林，将坏人衣。"虎令发石下而视之，有棘子生焉。（崔鸿《十六国春秋·后赵录七·石虎下》）
② 昔伍子胥谏吴王，吴王不用，乃曰："臣今见麋鹿游姑苏之台也。"见《汉书·伍被传》。

独坐敬亭山[①]

众鸟高飞尽,孤云独去闲。相看两不厌,只有敬亭山。

---

① 见201页注①。

自遣

对酒不觉暝,落花盈我衣。醉起步溪月,鸟还人亦稀。

访戴天山[①]道士不遇

犬吠水声中,桃花带露浓。树深时见鹿,溪午不闻钟。野竹分青霭,飞泉挂碧峰。无人知所去,愁倚两三松。

---

① 戴天山在今四川绵阳市北;上有大明寺,开元中,李白读书于此寺。

忆东山[①]二首

其一

不向东山久,蔷薇几度花。白云还自散,明月落谁家?

其二

我今携谢妓,长啸绝人群。欲报东山客,开关扫白云。

[①] 东山,在今浙江绍兴市上虞区西南四十五里,晋太傅谢安所居。下山出微径为国庆寺,乃太傅故宅;旁有蔷薇洞,俗传太傅携妓女游宴之所。

拟古六首

其一

青天何历历①,明星白如石。黄姑与织女②,相去不盈尺。银河无鹊桥③,非时将安适?闺人理纨素④,游子悲行役。瓶冰知冬寒⑤,霜露欺远客。客似秋叶飞,飘飖不言归。别后罗带长,愁宽去时衣。乘月托宵梦,因之寄金徽⑥。

---

① 历历,星行列貌。《古诗十九首·明月皎夜光》:"众星何历历!"
② 黄姑、织女,皆星名。黄姑,即牵牛。
③ 银河,即天河。陈元靓《岁时广记》卷二十六引《淮南子》:"乌鹊填河以成桥而渡织女。"世俗因传七月七日为鹊填河成桥,使牵牛织女相会之时。
④ 纨素,绢。柳恽《捣衣》:"念君方远游,贱妾理纨素。"
⑤ 《吕氏春秋·察今》:"见瓶水之冰,而知天下之寒。"
⑥ 金徽,即金微,山名,在漠北。唐太宗时置金微都督府。

其二

高楼入青天，下有白玉堂①。明月看欲堕，当窗悬清光。遥夜②一美人，罗衣沾秋霜。含情弄柔瑟，弹作《陌上桑》③。弦声何激烈，风卷绕飞梁④。行人皆踯躅⑤，栖鸟去回翔。但写妾意苦，莫辞此曲伤。愿逢同心者，飞作紫鸳鸯！

其三

长绳难系日⑥，自古共悲辛。黄金高北斗⑦，不惜买阳春。石火⑧无留光，还如世中人。即事已如梦，后来我谁身。提壶莫辞贫，取酒会四邻。仙人殊恍

---

① 古乐府《相逢行》："黄金为君门，白玉为君堂。"
② 遥夜，长夜。《楚辞·九辩》："靓杪秋之遥夜兮，心缭悷而有哀。"
③ 见91页注①。
④ 见105页注②。
⑤ 踯躅，zhí zhú，驻足。
⑥ 傅玄《九曲歌》："安得长绳系白日？"
⑦ 侈言积金之多。白居易《劝酒》："身后堆金柱北斗，不如生前一樽酒。"
⑧ 石火，击石而成之火，旋燃旋灭，喻极暂。释道世《法苑珠林》："石火无恒焰，电光非久停。"

惚，未若醉中真。

其四

清都[①]绿玉树，灼烁[②]瑶台春[③]。攀花弄秀色，远赠天仙人。香风送紫蕊，直到扶桑津[④]。取掇世上艳，所贵心之珍。相思传一笑，聊欲示情亲。

其五

涉江弄秋水，爱此荷花鲜。攀荷弄其珠，荡漾不成圆。佳期彩云里，欲赠隔远天。相思无由见，怅望凉风前。

其六

去去复去去，辞君还忆君。汉水既殊流，楚山亦此分。人生难称意，岂得长为群。越燕喜海日，

---

① 清都，天帝之所居。
② 灼烁，光彩貌。
③ 王嘉《拾遗记》卷十："昆仑山傍有瑶台十二，各广千步，皆五色玉为台基。"
④ 扶桑津，日出处。木华《海赋》："翔阳逸骇于扶桑之津。"

李白诗

燕鸿思朔云。 别久容华晚,琅玕^①不能饭。日落知天昏,梦长觉道远。望夫登高山,化石竟不返。^②

---

① 琅玕,玉名,饮食比之,所以为美。
② 武昌北山上有望夫石,状若人立。相传昔有贞妇——其夫从役,远赴国难——携弱子饯送此山,立望其夫,而化为石,因以为名焉。见刘义庆《幽明录》。

听蜀僧濬弹琴

蜀僧抱绿绮①,西下峨眉峰②。为我一挥手③,如听万壑松。客心洗流水④,余响入霜钟⑤。不觉碧山暮,秋云暗几重。

---

① 绿绮,汉司马相如琴名。
② 见138页注④。
③ 挥手,动手。嵇康《琴赋》:"伯牙挥手,钟期听声。"
④ 昔伯牙弹琴,志在高山流水。
⑤ 《山海经·中山经》:"(丰山)有九钟焉,是知霜鸣。"郭璞注:"霜降则钟鸣,故言知也。"

咏邻女东窗海石榴

鲁女东窗下,海榴世所稀。珊瑚映渌水①,未足比光辉。清香随风发,落日好鸟归。愿为东南枝,低举拂罗衣。无由一攀折,引领望金扉。

---

① 潘岳《石榴赋》:"若珊瑚之映绿水。"

观放白鹰二首

其一

八月边风高,胡鹰白锦毛。孤飞一片雪,百里见秋毫。

其二

寒冬十二月,苍鹰八九毛。寄言燕雀莫相啅①,自有云霄万里高。

---

① 啅,众口貌,此处借作调笑之调。

见野草中有名白头翁①者

醉入田家去,行歌荒野中。如何青草里,亦有白头翁?折取对明镜,宛将衰鬓同。微芳似相诮,留恨向东风。

---

① 白头翁,草名。陶弘景《名医别录·下品》云:"白头翁,有毒。主治鼻衄。一名奈何草。生嵩山及田野,四月采。"李时珍《本草纲目·草之一》云:"时珍曰:大(丈)人、胡使、奈何皆状老翁之意。"

白鹭鸶

　　白鹭下秋水，孤飞如坠霜。心闲且未去，独立沙洲傍。

劳劳亭[①]

天下伤心处,劳劳送客亭。春风知别苦,不遣柳条青。

[①] 劳劳亭,在今江苏南京市江宁区西南,古时送别之所。吴置,亭在劳劳山上。

嘲鲁儒

鲁叟谈五经，白发死章句。问以经济策，茫如坠烟雾。足着远游履①，首戴方山巾。缓步从直道，未行先起尘。秦家丞相府②，不重褒衣人③。君非叔孙通④，与我本殊伦。时事且未达，归耕汶水⑤滨。

---

① 曹植《洛神赋》："践远游之文履。"
② 秦家丞相，谓李斯。李斯尝请始皇收诗书百家语以愚百姓。
③ 褒，大裾；褒衣，言宽大之衣。
④ 汉叔孙通为博士，说高祖曰："臣愿征鲁诸生与臣弟子共起朝仪。"于是叔孙通使征鲁诸生三十余人。鲁有两生不肯行，曰："今天下初定，死者未葬，伤者未起，又欲起礼乐？礼乐所由起，积德百年而后可兴也。吾不忍为公所为，公所为不合古；吾不行。公往矣，毋污我。"叔孙通笑曰："若真鄙儒也，不知时变。"遂与所征三十人西。(《史记·刘敬叔孙通列传》)
⑤ 汶水，见153页注④。

从军行

百战沙场碎铁衣,城南已合数重围。突营射杀呼延将①,独领残兵千骑归。

---

① 匈奴有四姓,其一曰呼延氏,呼延氏最贵。(《晋书·匈奴传》)

春夜洛城闻笛

谁家玉笛暗飞声,散入春风满洛城。此夜曲中闻《折柳》①,何人不起故园情!

① 《折柳》,曲名,见82页注③。